……뭐지 이건?

설마 교사가 학생에게 금단의 사랑 고백을?

마키리 치아키

……고백?

KB038231

「토모키 군…… 정말로 크구나.
내가 아직 어렸을 때,
아버지의 등을 밀어드린 기억이 떠올라.」

선생님은 내 등에 몸을 기대었다.

피부와 피부가 맞닿는 감각에, 내 얼굴은 갑자기 뜨거워졌다.

#솔직한 마음

토모키 유우지

역시 남자애들은 목욕 금방 끝나는구나~.

「어때, 유우지. 게임 한판 안 할래?」

「아, 물론 좋지. 한쪽 먼저 씌도 괜찮겠지?」

내가 다른 멤버들에게 묻자,

「괜찮아요. 전는 선배를 응원할게요!」

「응. 난는 유우지 쿤을 응원할 테니까, 힘내!」

「저는 토모키 선배를 응원할 테니까,

……나머지 탁구대 하려는 안 쓸게요.」

토오카와 카나, 카이가 연이어 말했다.

그렇게 들어 보면 부끄럽잖아…….

「나는 어느 쪽으로 응원하고 싶지 않으니까

아사쿠라는 이글거리는 눈빛으로

나와 이케를 노려보며 말했다.

심판을 봐주ㅊ 둘 다 객오하라고……!」

「……나는 왜 이렇게 소외감이 느껴지는 걸까?」

이케가 어깨를 움츠리고 말하면서

탁구대 앞에 서자, 시합이 시작되었다.

「유우지 선배! 오래 기다리셨죠!」

하사키 카나

이케 토우카

그러더니, 우울한 목소리로 마키리 선생님은 말을 이었다.

「좀 더, 상냥하고,
좀 더 멋진 어른이,
나는 되고 싶었어……」

친구 캐릭인 내가 인기 많을 리 없잖아? 3

세카이이치

CONTENTS

세카이이치

일러스트/오사베 토무

1
친구 캐릭인 내가 인기 많을 리 없잖아?

확실히 말하자면, 지금까지 내 인생은 최악이었다.

'험악한 얼굴'과 원래부터 말주변도 없었던 탓에, 타인이 나에게 호감을 갖는 일은 거의 없었다.

처음으로 생긴 친구도 어느새 내 앞에서 사라져갔다.

아마 그런 상황이 꽤 오래 이어졌기 때문이겠지.

다른 사람이 나에게 호감을 가져 주는 일은 없을 거라고, 나는 반쯤 포기하고 있었다.

……하지만 지금은 다르다.

내가 중학교를 졸업하고 진학한 고등학교에는 이 세계의 주인공이라 말해도 손색이 없을 법한 남자, 이케 하루마가 있기 때문이다.

용모단정, 문무겸비. 거기에 더해 인망까지 갖춘 도무지 흠 잡을 구석이 없는 남자.

이 완벽초인 이케의 '친구 캐릭터' 포지션이 된 덕분에, 과장이 아니라 내 인생과 인간관계는 180도 바뀌었다.

이케의 여동생으로 태어나는 바람에 콤플렉스가 있었던

이케 토우카.

본인도 충분히 우수하지만 '특별'한 오빠와 함께 자란 탓에 그녀는 고뇌하고 있었다.

그런 토우카와 만나 속마음을 나누고 유대감이 깊어지다 보니 '가짜' 연인이라는 관계가 되었지만, 지금은 서로 신뢰할 수 있는 파트너가 되었다……, 라고 나는 생각한다.

그리고 내 곁에서 떠나가 버렸다고 생각한, 내 첫 친구 나츠오……. 아니, 하사키 카나.

남자인줄 알았던 옛 친구가, 실은 여자였다니.

설마 이런 뻔한 이벤트가 나에게 생길 거라고는 생각지도 못했기에 놀라기도 했지만, 그 이상으로….

그녀가 오랫동안 간직한 마음을 내게 고백했다는 데에 놀랐다.

결국 그 마음을 받아들일 수는 없었지만, 그래도 나 같은 녀석을 좋아한다고 말해줘서 기뻤다.

미움만 받던 나에게 호감을 준 사람은 이 셋만이 아니었다.

이케를 돕는 모습을 보고 나를 인정해준 학생회 임원 타나카 선배와 스즈키.

학생회 일을 도와주면서 나와 대화를 나누고, 오해를 버리고 친구가 되어준 같은 반 친구 아사쿠라 요시토.

그리고 싸움을 통해 서로를 이해하게 된 후배 카이 렛카.

──그리고 이케와는 별개로 한 명 더.

내 인생을 바꾸어준 사람이 있다.

바닥까지 떨어졌을 때 구원의 손길을 내밀어준 은사 마키리 치아키 선생님.

때로는 엄하게, 때로는 따뜻하게 지켜봐 주시는── 내가 이제까지 살면서 학생으로서 처음 만난 은사.

이 사람들 덕분에 나는…… 내 '청춘'을 나쁘지 않은 정도는 된다고 생각하며 하루하루 지내고 있다고 가슴을 펴고 말할 수 있다.

☆ ☆ ☆

그 일은 2학년 기말고사가 무사히 끝나고 여름방학을 코앞에 둔 어느 무더운 날 밤에 일어났다.

"……인 게, 뭐……?"

평소에는 단정한 복장을 고수하는 마키리 선생님이, 이때는 셔츠 단추가 풀려 가슴 쪽의 새하얀 피부가 엿보였다.

그 광경에서 필사적으로 눈을 피하려는 내 귀에, 선생님이 속삭이는 목소리가 끊어질 듯 가냘프게 들려왔다.

"죄송해요, 지금 뭐라고 하셨나요?"

내가 묻자 마키리 선생님은 상기되어 뺨이 새빨개졌다.

그리고 촉촉한 눈동자로 나를 바라보았다.

……이건 뭐지? 설마 교사가 학생에게 금단의 사랑 고백을?

아니, 카나의 고백은 어디까지나 이상사태였을 뿐이고 '친구 캐릭'인 내가 고백을 받는다는 건 원래는 있을 수 없는 일이다. 그 이전에 마키리 선생님이 그런 소리를 할 이유가 없다.

그렇다면 대체 무슨 말을 하려는 걸까?

나는 긴장하면서 마키리 선생님을 마주보았다.

선생님은 멍한 표정으로, 붉은색이 선명한 입술을 크게 벌리더니──.

"그러니까! 처녀인 게, 뭐가 그렇게 나쁘다는 거냐고오오옷!!!?!?!"

라고 소리쳤다.

──친구 캐릭인 내가 인기가 많을 리 없다.

그거야 당연하지만…….

"딱히, 나쁘다는 생각은 안 하는데요……."

그래도 마키리 선생님의 발언이 너무나 예상 밖이었던 탓에 나는 멍하니 그 말만 중얼거리는 수밖에 없었다.

2
아사쿠라의 분노

장마가 거의 끝나가는 6월 말.

비도 내리지 않고 하늘에는 태양이 눈부시게 빛나는, 여름을 예감하게 하는 어느 날 방과 후의 일이었다.

"선배~, 여기를 잘 모르겠어요. 알려주세요♡"

우리는 날씨가 이렇게 좋은데도 저번 중간고사와 같은 멤버가 모여 기말고사 스터디를 하고 있었다.

역 근처 패밀리레스토랑의 박스석에서, 옆자리에 앉은 토우카가 간드러지는 목소리로 나에게 부탁을 했다.

"아, 응. 여긴……."

잔뜩 애교를 부리면서 질문하는 토우카는 입학시험과 중간고사에서 전교 1등을 기록한 수재이지만, 나보다 한 학년 아래다.

나도 나름 성적이 되기 때문에, 1학년 진도라면 그녀에게 설명해줄 수도 있다.

"아하, 그렇구나! 이제 이해가 돼요. 역시 선배, 설명도 쉽게 해주시네요!"

내가 요점을 설명하자 토우카는 금세 이해했다. 내가 설명을 잘한다기보단 그녀 자신의 이해력이 높아서겠지만.

"역시 내 남자친구야, 멋져요♡"

이렇게 윙크를 하는 건 그녀가 내 '가짜' 연인이고, 그것을 주위에 어필하기 위해서다.

……그리고 이유가 하나 더.

'가짜' 연인 관계를 유지하기 위해, 그녀는 나에게 진짜 연인이 생기는 건 곤란하다고 생각하고 있다. 그래서 그 대책으로 나를 자신에게 반하게 만들겠다고 선언했다.

그래서인지 예전보다 노골적으로 애교가 담긴 어필을 날려댄다.

"저기 있지, 유우지 군. 나도 모르는 게 있는데 알려주지 않을래?"

토우카와는 반대쪽 자리에 앉은 여학생, 하사키 카나가 내 허벅지에 자기 손을 얹으며 말을 걸었다.

"응, 어딘데?"

"으음, 여기야…….”

카나가 모른다는 문제를 설명해주었다.

토우카만큼 이해가 빠르지는 않은 모양이지만, 막힌 부분을 중점적으로 설명해줬더니…….

"알겠다! 그렇구나, 이제 이해했어. 고마워, 유우지 군!"

"아냐, 신경 쓰지 마. 나한테도 복습이 되니까."

카나의 인사에 나도 그렇게 대답했다.

그녀의 질문에 대답할 수 없을 때는 믿음직한 친구에게 패스한다.

나는 맞은편에 앉은 이케 하루마에게 시선을 보냈다. 그는 나의 시선을 깨닫고 상쾌하게 웃었다.

……질투할 마음조차 안 생기는 미남이었다.

"에헷, 유우지 군은 머리도 좋고 멋있고 상냥하고, 믿음직스러워. ……새삼 반해버렸어."

그렇게 말하면서 카나는 나에게 기대고, 반대편에서는 토우카가 혀를 차는 소리가 들렸다.

……바로 이게 토우카가 나를 반하게 만들겠다고 선언한 근본적인 이유다.

하사키 카나는, 어째서인지 나에게 반해 있다.

그녀에게서 마음을 고백받았지만 한 번은 거절했다.

하지만 내가 착각하는 바람에 그녀에게 '성공하거나 제대로 포기할 수 있을 때까지 몇 번이고 고백하면 된다'라고 말해버린 것도 있어서, 아무래도 지금 같은 어필을 강하게 거부하지는 못하는 상황이다.

"……잠깐만요, 하사키 선배? 제 남친한테 꼬리 좀 그만 치지 그래요? 그보다 왜 중간고사 때 제가 했던 말을 그대로 읊는 거죠? 그런 짓은 안 하셨으면 좋겠는데요?"

토우카는 그게 어지간히 불쾌한 모양이다.

"아~, 토우카쨩 무섭다아~. 그보다 의외로 연인을 구속하는 타입이었구나. 조금 더 캐주얼하게 사귀는 타입이라고 생각했는데……. 꽤 부담스럽겠다."

"뭐라고요? 제가 부담스럽다고요?! ……초등학생 시절부터 몇 년이나 짝사랑을 계속해온 나츠오쨩한테만은 듣고 싶지 않은데요~?"

"화, 확실히 전에는 남자아이로 자주 오해받았지만……, 지금은 토우카쨩한테도 지지 않으니까."

그렇다. 카나는 어릴 적에 남자로 자주 오해받았고, 실제로 나도 초등학생 때는 그녀를 남자로 생각했다.

그게 내 옛 친구였던 '나츠오'다.

하지만 지금은 갈색 머리카락을 사이드테일로 묶고, 얼굴에도 중성적인 분위기가 사라진 아이돌급 미소녀가 되었다. 누구도 지금의 카나를 남자라고 착각하지는 않겠지.

"확 처져 버려랏……!"

관자놀이에 핏대를 세우고서, 토우카는 분한 듯이 중얼거렸다.

"어, 뭐가?!"

토우카는 곤혹스러워하는 카나의 풍만한 가슴을 원망스럽게 노려보고 있었다. 나는 그 모습을 보고 이유를 깨달았다.

"그보다 하사키 선배는 저희 오빠한테 배우는 게 어때요? 제 남친한테 부담을 주는 행위는 하지 않았으면 좋겠는데요?"

토우카가 자기 행동은 철저하게 외면하고 그렇게 말하자, 카나는 고개를 숙였다.

카나는 고개를 숙인 채로, 노트 위에 놓인 내 손에 자신의 손을 겹쳤다.

그 손의 온기에 내 어깨가 움찔했다.

"유우지 군이 민폐라고 말한다면, 나도 무리해서 공부를 가르쳐달라고 하진 않을게. 하지만, 그래도 나는 유우지 군한테 배우고 싶은걸. ……공부 말고도, 이것저것."

열정적인 시선을 보내며, 카나가 내 손을 꼭 쥐었다.

"그러니까……, 그런 것도 전부 오빠한테 물어보면 되는 거 아니에요?"

그리고 토우카는 내 손을 덮은 카나의 손을 탁 쳐냈다.

나를 사이에 두고 토우카와 카나가 일촉즉발의 상황이 되었다.

……그 모습을 보고 이케 옆에 앉은 아사쿠라 요시토가 얼굴을 푹 숙이더니, 몸을 부들부들 떨었다.

분위기를 잘 띄우고 따뜻한 성격이지만……, 역시 너무 시끄러웠다. 그야 이렇게 떠드는데 도저히 공부에 집중할 수 없겠지. 인내심에 한계가 왔을 것이다.

나는 한 번 한숨을 쉰 후에,

"토우카, 카나."

두 사람의 이름을 불렀다.

"왜 그러세요, 선배?"

"왜 그래, 유우지 군?"

두 사람은 기뻐하며 나에게 대답했다.

그런 그녀들의 표정을 보고, 나는 단호하게 말했다.

"우리가 여기에 왜 모여 있다고 생각해? 공부를 방해할 생각이라면 둘 다 돌아가 줘."

나는 두 사람에게 엄격하게 주의를 주었다.

그러자 토우카는 조금 불만스러운 표정을 지었지만,

"네~, 반성합니다아~."

라고 말했다.

"응, 알았어. 방해되지 않도록 할게."

한편 카나는 장난스럽게 혀를 내밀고서 그렇게 말했다.

……둘 다 그다지 반성하지 않는 듯했다.

하지만 주의를 받고 둘은 곧바로 소란을 피우거나 하지는 않았다. 이제 한동안은 공부에 집중할 수 있을 것 같다. 분명 아사쿠라도 안심했겠지.

그렇게 생각하고 시선을 돌려 그를 보자,

"대체 어째서……!"

고개를 숙이고 테이블을 주먹으로 꽉 누른 자세로, 아사

쿠라가 목소리를 쥐어짜내고 있었다.

　이미 늦은…… 걸까?

　그렇게 생각하면서 아사쿠라를 보니, 그는 나를 째릿 노려보면서——.

　"어째서…… 어째서 나만 인기가 없는 건데?!"

　……절망에 빠진 표정으로 한탄했다.

　"이케는 언제나 여자애들한테 둘러싸여 있고! 토모키는 1학년에서 제일 예쁜 토우카만으로 모자라 모두의 아이돌인 하사키까지 함락시키다니……. 너무 불공평하잖아!"

　그 말을 끝내고 공허한 눈에 무표정으로 변한 아사쿠라. 저 눈이 무엇을 보는지, 나로서는 짐작도 할 수 없었다.

　……이런 때는 뭐라고 말해야 하나?

　아사쿠라는 언제나 분위기메이커 역할을 해 주고, 나 같은 인간한테도 편견 없이 대해줄 만큼 의사소통능력도 뛰어나다.

　배구부에서는 스타팅 멤버라고 하니, 그렇게 침울해하지 않아도 아사쿠라를 좋아하는 사람은 금세 나타날 거라고 생각한다.

　……하지만 토우카라는 여자친구가 있는데도 카나라는 미소녀를 함락시킨 (것처럼 보이는) 내가 이런 말을 한다면 비꼬는 것처럼 들리지 않을까?

　잠시 생각하다가……, 나는 아무 말도 안 하는 게 낫겠다고 판단했다.

"아사쿠라 군은 좋은 사람이니까, 분명 멋진 여자친구가 생길 거야."

"맞아요, 아사쿠라 선배는 사람 보는 안목이 있으니까요."

그리고 곧바로 격려의 말을 건넨 쪽은 의외로 여자애들이였다.

상당히 호감도 높은 코멘트에 아사쿠라는 쉽게 알 수 있을 정도로 활기를 되찾았다.

"어, 정말? ……그럼 내 어떤 부분이 멋진지 알려줄 수 있어?"

쑥스러운 듯이 코끝을 비비면서 두 사람에게 묻는 아사쿠라.

"유우지 군을 무서워하지 않는 부분이 멋지다고 생각해!"

"유우지 선배의 친구인 점……일까요♡"

그리고 그 둘은 즐거운 얼굴로 그렇게 대답했다.

그 대답에 아사쿠라는 싸늘한 무표정으로 변하더니, 고개를 돌려 이케 쪽을 바라보았다.

"……부탁한다, 이케. 나한테 공부를 철저하게 가르쳐 줘. 이런 금세기 최고의 리얼충한테 공부까지 지고 싶진 않아……!"

원념어린 눈으로 나를 보며 무표정하게 말하는 아사쿠라. 무서워…….

"……그렇구나. 의욕이 생긴다는 건 좋은 일이지. 그러니까 토우카랑 카나는 공부에 방해되는 행동은 하지 마."

이케는 아사쿠라를 보며 웃더니 토우카와 카나에게 주의를 주었다.

둘은 주의를 받아 불만스러운 표정을 짓더니,

"혼나 버렸네요. 정말이지, 유우지 선배가 하사키 선배한테 스토킹을 당하고 있다고 경찰에 신고만 했다면 일이 이렇게 되진 않았을 텐데! 선배, 지금부터라도 늦지 않았거든요?"

"유우지 군이 빨리 나한테 넘어와 줬다면 아사쿠라 군도 이렇게까지 화내지는 않았을 거야. 그러니까 이건 유우지 군이 심술궂은 탓이거든?"

양쪽에서 귓속말을 해댔다.

간지러워서 몸을 뒤척이다 보니, 아사쿠라의 모습이 시야에 들어왔다.

……아마 착시겠지만, 아사쿠라 주위에 검은 원념의 오라가 일렁이는 기분이 들었다.

그리고 발그레한 뺨으로 나를 응시하는 토우카와 카나를 보고, 나는 다시 한숨을 내쉬었다.

3
___
결과

스터디 모임으로부터 며칠이 지나.

1학기 기말고사도 무사히 끝나고 이미 각 과목별 성적표도 다 받았다.

각자의 시험결과를 보고 일희일비하는 학생들.

참고로 우리 학교는 정기고사마다 성적 상위자 명단이 학년별 게시판에 붙게 된다.

수많은 학생들은 호기심을 드러내며 명단이 붙자마자 곧바로 확인하러 가더니 신나서 떠들어댔다.

……나는 그들의 즐거움을 방해하면 곤란하다고 생각해, 명단이 붙은 직후가 아니라 잠시 기다린 후에 확인하러 갔다.

명단이 붙은 장소에는 나 말고 아무도 없었다.

원하던 대로다.

이번 시험도 저번처럼 이케한테 공부를 배웠고, 성적표를 보니 점수도 잘 나왔기 때문에 석차가 꽤 신경이 쓰였다.

평소에는 전교 10위 전후의 성적이지만 이번에는 5위

이내에 들었을지도 모른다…… 라고 생각하고 있자니.

"아사쿠라가 5위……."

일단 아사쿠라의 이름부터 눈에 들어왔다.

저번 시험에서도 이케가 도와주긴 했지만, 그때는 하위권에서 상위 정도까지 올랐었다고 한다. ……그랬는데 이번 기말고사에서 단숨에 전교 5위까지 성적이 오를 줄이야.

반대로, 시험기간에 진지하게 공부한 것만으로 이 정도 성적이 나오다니, 아사쿠라가 이제까지 공부한 건 대체 뭐였을까? 라는 순수한 의문도 생겨났다.

"……허무하네."

그때 갑자기 고뇌에 차서 중얼거리는 목소리가 들렸다. 고개를 돌려 옆을 보니, 자조하는 표정으로 벽에 기대어 선 아사쿠라가 있었다.

"언제부터 거기에?"

"네가 슬쩍 교실에서 나가는 걸 봤거든. 그래서 뒤를 쫓았어."

"아아. 그래서 나한테 승리선언을 하고 싶었다는 거구나. ……축하해, 아사쿠라. 정말로 대단하다고 생각해."

나는 아사쿠라를 똑바로 바라보고 그를 칭찬했다.

아사쿠라가 여기까지 해낼 수 있었던 건, 분명 스터디 모임이 있었기 때문일 것이다.

"정말로……, 허무해."

눈을 감고서, 아사쿠라는 다시 반복해서 중얼거렸다.

"……허무하다고 말할 것까지는 없잖아. 부활동도 안 하고 평소부터 공부를 하는 나조차 전교 5등이라는 대단한 성적은 내본 적이 없어."

내 말을 들은 아사쿠라는 자조하듯 웃었다. 오늘의 아사쿠라는 대체 어떻게 된 걸까?

그렇게 생각하고 시선을 향하자, 그는 게시판을 손가락으로 가리키며 말했다.

"내가 졌어, 토모키."

아사쿠라가 가리킨 지점을 확인했다.

거기에 쓰여 있었던 것은──.

2위 토모키 유우지

앗…… 내가, 이번에 전교 2등이나 했다니…….

"미안하다, 아사쿠라. 비꼬는 것처럼 들렸겠네……."

그럴 생각은 전혀 없었지만, 그래도…… 미안한 마음이 든다. 그런 마음으로 내가 사과하자 그는 입을 열었다.

"열심히 했구나, 토모키……. 네가 넘버 원이야."

갑자기 긍지 높은 전투민족의 왕자가 할 법한 대사로 나를 칭찬한 베지……. 아니, 아사쿠라.

"아니, 잠깐만, 베지쿠라. 넘버 원은 이케인데……."

이번에도 당연하다는 듯이 1등을 유지하고 있는 이케의 이름을 언급하니…….

"이케는 명예의 전당으로 보내버렸으니까, 실질적인 넘버원은 너야, 토모키……."

그런 말을 남기고 아사쿠라는 상쾌하게 교실로 돌아갔다. ……저 녀석, 괜찮은 걸까. 내가 걱정스러운 눈빛으로 그의 뒷모습을 바라보고 있자니.

"앗, 유우지 군! 교실로 돌아오지 않는다고 생각했더니 여기에 있었구나!"

"시험 결과를 확인하고 있었나 보네."

이번에는 아사쿠라와 교대하듯 카나와 이케가 다가왔다. 아무래도 나를 찾으러 와준 모양이었다.

"나도 조금 전에 결과를 확인했는데, 전교 2등 축하해! 위에 하루마밖에 없으니까 실질적으로 1등이나 마찬가지지!"

엄지를 척 올리며 웃는 카나. 그녀도 이미 마음속에서 이케를 명예의 전당으로 보내버린 모양이다.

"고마워, 카나. 하지만 1등은 역시 이케잖아. 나도 포함해서 이 사람 저 사람한테 공부를 가르쳐주고도 이런 성적이니까."

"하지만 유우지도 토우카나 카나한테 공부를 가르쳐주면서 자기 공부를 했으니까 조건은 같다고 생각해. 그러면서도 단숨에 2등까지 성적을 올렸으니까, 네가 한 노력은 정말 대단하다고 본다."

입학 이후로 내내 1등을 놓친 적이 없는 이케야말로, 정말로 대단하다고 나는 생각한다.

"응응, 정말로 대단하지! 공부를 잘하는 사람은 멋지다고 생각해! 하루마처럼 지나치게 잘하는 건 조금 그렇지만, 유우지 군은 정말로 멋져!"

은근슬쩍 카나에게 까인 이케는 그저 쓴웃음만 짓고 있었다.

이케를 위해 뭐라도 말해줘야겠다고 생각했지만, 조금 떨어진 위치에 한 여학생이 서 있는 걸 깨달았다. ······그녀도 게시판을 보고 싶지만, 아마 내가 있어서 접근하지 못하는 거겠지.

"······슬슬 교실로 돌아갈까?"

내가 말하자.

"나는 다음 수업 교재를 가지러 교무실에 가야 하니까, 먼저 들어가."

"도와줄게."

"그다지 힘든 일은 아니니까 굳이 그럴 필요까진 없어."

이케는 그렇게 말하더니 교무실 쪽으로 걸어갔다.

그의 뒷모습을 보고 있자니,

"······앗, 둘만 남았네?"

카나는 그렇게 말하면서 나를 반짝거리는 눈으로 올려

다보았다.

하지만 그녀가 깨닫지 못할 뿐, 여기에는 여학생이 한 명 더 있다.

뭐라고 대답해야 할지 잠시 고민하고 있자니,

"토모키 유우지 군, 잠깐 괜찮으신가요?"

그 여학생이 다가오더니 나에게 말을 걸었다.

내가 있어서 게시판을 보지 못한 게 아니었나? 그보다 처음 보는 여학생이 나에게 편하게 말을 건다니, 처음 있는 경험인데?

머릿속이 혼란스러웠지만, 그녀는 대답을 기다리고 있었다.

"아, 으응, 상관없어."

눈앞에 있는 찰랑거리는 흑발에 기품이 느껴지는 여학생은, 내 대답을 듣고 안심한 듯이 미소를 지었다.

"처음 인사드리네요. 타츠미야 오토메라고 해요."

그녀는 내 눈을 보고서도 조금도 무서워하는 낌새가 없었다.

담력 있는 여자라고 생각해 한 번 고개를 끄덕이고, 그녀의 다음 말을 재촉했다.

"이야기를 잠깐 들려주실 수 있나요?"

어딘지 도전적인 웃음을 지으며, 그녀는 나에게 그렇게 물었다.

"뭔데?"

내가 그렇게 말하자, 옆에서 카나가 이렇게 말했다.

"타츠미야, 이제 곧 쉬는 시간 끝날 텐데 괜찮아?"

시계를 보니 쉬는 시간은 많아봐야 5분 정도밖에 남지 않았다.

확실히, 그다지 오래 대화할 수는 없을 것 같은데.

"네에, 괜찮아요, 하사키 양. 조금 묻고 싶은 게 있을 뿐이니까요."

타츠미야는 카나에게 그렇게 대답했다.

목소리나 표정을 보아하니 처음 보는 사이는 아닌 것 같아서, 나는 카나에게 귓속말로 물었다.

"⋯⋯아는 사이야?"

그러자 카나는 갑자기 귀를 막더니 새빨개진 얼굴로 항의했다.

"기, 기습은 비겁해! ⋯⋯두근거리잖아."

그럴 생각은 없었는데, 당황해서 어쩔 줄 모르는 카나를 보고 겸연쩍어지는 나.

"미안해, 조심할게. 그런데 둘은 아는 사이야?"

다시 내가 질문하자, 카나는 조금 아쉬운 듯이 입술을 뾰로통하게 내밀고서 대답했다.

"응. 타츠미야는 학생회 부회장이라서, 하루마랑 함께 있을 때 자주 봤거든. 그래서 몇 번 대화해본 적도 있어."

"아, 우리 학교 부회장이었구나."

학생회 부회장이라고 해도 그다지 와 닿지는 않지만.

"토모키 군도 학생회실에서 몇 번쯤 마주쳤을 텐데, 기억 못 하시나보군요?"

우리의 대화가 들렸는지, 정면에 있는 타츠미야는 딱히 불쾌하다는 낌새도 없이 그렇게 말했다.

"미안해, 사람 얼굴을 잘 기억하지 못하거든."

기억할 수 있을 정도로 남의 얼굴을 유심하게 봤다간 상대방이 무조건 겁에 질린다는 슬픈 이유 때문이다.

"그런가요. 그럼 이번 일을 계기로 기억해 주신다면 고맙겠어요."

그렇게 말하고 타츠미야는 우아하게 웃었다.

왜 나를 무서워하지 않는지 의아했는데, 학생회 소속이라면 이케나 다른 사람들에게 이야기를 들었을 테니 그럴 만하다 싶기도 하다.

"아아, 이제 기억했어. 그런데 할 이야기란 게 뭔데?"

"이번 시험 결과에 대해서예요."

내 질문에 타츠미야는 고개를 끄덕이고 웃었다.

"1학년 때의 성적은 10등 전후. 저번 중간고사에서는 6등. 그리고 이번 기말고사는⋯⋯ 2등. 원래 우수하긴 한 것 같지만, 이번에 특히 좋은 결과를 낸 비결을 꼭 들려줬으면 좋겠어요. ⋯⋯토모키 군은 대체, 어떤 수단을 썼죠?"

의젓한 표정으로 날카롭고 싸늘한 시선을 보내며, 굳은 목소리로 따지듯 묻는 타츠미야.

안 좋은 예감이 들었다.

혹시 이건…….

"내가 부정행위를 했다고 의심하는 거야?"

"그게 무슨 소리야?! 타츠미야, 유우지 군은 그런 사람 아니야!!"

내 말을 듣고 카나가 당황해서 그렇게 주장했다.

타츠미야는 그 모습을 보고 어리둥절한 표정을 짓더니, 쿡 하고 얌전하게 웃었다.

"이제 와서 토모키 군의 성적을 그런 식으로 의심할 필요가 어디에 있지요? 아까도 말씀드렸지만, 성적은 언제나 좋았잖아요? 그런데 그보다 석차가 더 올라간 걸 보고 뭔가 효과적인 학습방법을 익혔거나 학원이라도 다니기 시작한 걸까 하고 생각했을 뿐이에요."

"……목소리가 날카로운 것처럼 느껴졌는데. 그건 기분 탓인가?"

타츠미야가 한 말이 사실이라면, 어째서 그렇게 따지는 말투로 물어보는 거지?

그리고 나에게 말을 걸었을 때의 그 도전적인 표정…….

뭔가가 있을 것이다. 그렇게 생각하고 나는 찬찬히 그녀를 보았다.

"그건…… 미안해요. 아무래도 분했거든요. 저도 모르게 말투에 가시가 돋쳤는지도 모르겠네요."

쑥스럽다는 듯이 시선을 피하면서 타츠미야는 중얼거렸다.

"분하다고?"

타츠미야는 한 차례 고개를 끄덕이더니, 부끄러운지 수줍게 웃으며 말을 이었다.

"저는 입학한 이후로 내내 회장님을 넘어서는 걸 목표로 공부해 왔지만, 1학년 때는 도저히 그를 뛰어넘을 수가 없었어요. 그리고 2학년으로 올라오고 보니 이번에는 토모키 군한테까지 추월당했죠. ……그래서 안면몰수하고 이렇게 조언을 구하게 된 거예요."

그런 거였나.

자신을 패배시킨 상대에게 고개를 숙이는 게 되니, 확실히 기분이 좋지는 않겠지.

"이번에 유우지 군한테 추월당하기 전까지 타츠미야는 내내 하루마 바로 다음, 전교 2등이었어. 즉, 저번까지는 실질적인 1등이었던 거지."

카나가 귓속말했다. 몇 번을 들어도 이케의 취급이 터무니없다.

"그런 거라면 힘이 되어줄 수 있어. 내 성적이 올라간 이유는, 명확하거든."

내 대답을 듣더니 그녀의 표정이 확 밝아졌다.

"정말인가요?"

나는 한 차례 고개를 끄덕인 후에, 타츠미야에게 설명했다.

"내 성적이 올라간 이유는, 이케 덕분이야."

"회장님 덕분…… 이라는 게 무슨 뜻이죠?"

"그냥 내가 이케한테 시험기간에 공부를 배웠다는 거지. 1학년 때는 혼자서 안 풀리는 문제를 고민고민하면서 해결했는데, 요즘엔 이케한테 배워서 금방 이해하고 효율적으로 공부할 수 있었지. 그게 이번 성적 향상의 이유야."

"회장님이랑 방과 후에 함께 공부?! 그, 그런 부러…… 아, 그게 아니라! 이제야 이해가 가네요. 토모키 군은 독학으로 시험 준비를 하던 사람이었는데, 회장님한테 공부를 배운 덕에 약한 부분을 효율적으로 극복하게 되었다는 소리군요?"

한순간 심하게 동요한 타츠미야.

그러더니 금세 태연한 척하며 나에게 그런 질문을 했다. ……역시 완벽초인, 희대의 매력남 이케 하루마다. 미소녀 학생회 부회장은 이미 공략을 끝낸 모양이다.

"응, 그런 거지."

내가 대답하자 타츠미야는 흠, 하고 고개를 끄덕였다.

그러더니 입을 열었다.

"……하지만, 그거라면 저한테 도움이 될 일은 없겠군요."

"어째서? 안면몰수라면 하루마한테 배우는 게 가장 손쉽고 빠르지 않아?"

카나는 이상하다는 듯이 타츠미야에게 물었다.

그러자 그녀는 그 질문에 쓴웃음을 지으며 대답했다.

"회장님한테 이기기 위해서 회장님한테 배운다니…….그건 왕도가 아니잖아요?"

이제야 알겠다. 내가 있어서 게시판을 못 본 게 아니라, 이케가 있는 자리에서 내 성적 향상의 비결을 묻고 싶지 않았던 건가.

내가 그렇게 납득했을 때, 카나도 그녀의 강단 있는 대답에 공감이 가는지,

"……그거라면 어쩔 수 없네."

라고 쓴웃음으로 답했다.

이러니저러니 해도, 카나도 지기 싫어하는 성격이니 그녀의 마음이 이해가 가는 듯했다. 그리고 타츠미야는 나와 카나에게 미소를 지으며 가볍게 인사했다.

"그럼, 조만간 또 뵈어요. 오늘 하루 평안하시길. 토모키 군, 하사키 양."

그리고 그녀는 복도를 걸어 자기 교실 쪽으로 돌아갔다.

그녀의 뒷모습을 바라보며, 헤어지며 한 말을 떠올렸다.

조만간……은 무슨 뜻일까? 말없이 가만히 서 있으려니 카나가 나에게 말을 걸었다.

"예쁘네. 타츠미야."

"아아, 그러게."

확실히 타츠미야는 예쁘다.

나는 카나의 말에 내 생각을 그대로 입에 담았다.

"……그, 유우지 군은 타츠미야 같은 여자아이를, 어떻게 생각해?"

불안한 듯이 묻는 카나에게, 나는 조금 전과 마찬가지로 생각한 그대로를 대답했다.

"언제나 밝고 친근함이 느껴지는 카나가 모두의 아이돌이라면, 조용하고 접근하기 힘든 분위기가 감도는 타츠미야는 그림의 떡이라는 느낌일까. 아무리 그래도 요즘 세상에 '평안하시길' 같은 소리를 실제로 하는 애는 처음 봐서 놀랐어."

뭔가 리액션이 있을 거라고 생각해서 기다렸는데……, 카나는 내 말에 아무 반응도 하지 않았다.

어째서일까? 라는 생각에 카나를 보니…….

얼굴이 새빨개져, 눈가에 눈물을 글썽거리면서 어깨를 덜덜 떨고 있었다.

"왜, 왜 그래?!"

내 질문에 카나는 '그야……'라고 중얼거리더니,

"아, 아이돌이라니……. 나를……, 그런 식으로 봐 주고 있었다는 건, 몰랐거든……."

여유가 없는 표정으로 나를 응시하며 말했다.

그런 거였군, ……아무래도 나는 꽤 창피한 말을 해 버린 모양이다.

"미안, 잊어 줘."

"……싫어. 절대로 안 잊을 거야, 평생."

침착함을 되찾고 내가 말했지만, 카나는 똑바로 나를 보면서 단호하게 말했다.

내가 난처한 표정을 짓자, 카나는 만족했는지 미소를 짓더니 안심한 듯이 말했다.

"하지만 다행이네. ……타츠미야는 걱정 안 해도 될 것 같아."

그 말이 귀에 닿았지만……, '무슨 소리야?'라고 말할 수 있을 만큼 나는 둔감하지 않았다.

"……돌아갈까, 교실로."

그녀의 말에 아무 대응도 해줄 수 없다는 걸 미안하게 생각하면서.

"응, 가자. 지각하지 않으려면 서둘러야겠어."

나와 카나는 둘이서 나란히, 교실로 돌아가려 서둘러 복도를 걸었다.

4
상담

"이걸로 오늘 수업은 마무리하겠습니다."

오전 마지막 수업이 끝났다는 알람이 들리자, 교단에 선 마키리 선생님이 학급 위원에게 마무리 인사를 지시했다.

인사가 끝나고 그녀는 교실에서 나갔다.

나도 일단 교실에서 나가려고 자리에서 일어섰다.

그리고 복도로 나오자 먼저 교실에서 나온 마키리 선생님과 맞닥뜨렸다.

그녀는 내 얼굴을 보고 떠올랐다는 듯이 말했다.

"마침 잘 됐다, 토모키 군. 잠깐 물어볼 게 있는데 나중에 잠깐 시간 내줄 수 있니?"

마키리 선생님의 말에 '넵'하고 짧게 대답한 후에,

"선생님만 괜찮으시면 지금 하셔도 되는데요."

점심시간 후반에 시간을 내는 것보다 차라리 빨리 끝내는 편이 낫겠다 싶어 그렇게 말했다.

마키리 선생님은 '그렇다면……'라고 중얼거린 후에,

"교무실로 가야 하니까, ……걸으면서 얘기해도, 괜찮

겠니?"

"네, 물론이죠."

내 말에 마키리 선생님은 부드럽게 미소를 지었다.

그리고 걷기 시작하는 마키리 선생님. 나는 뒤따라 걸으면서 스마트폰을 꺼내어 [잠깐 볼일이 생겼어]라고 토우카에게 메시지를 보냈다.

언제나 토우카가 함께 점심을 먹기 위해 교실로 오는 만큼, 미리 연락해두지 않으면 안 된다.

그리고 고작 몇 초가 지나.

토우카로부터 뺨을 부풀린 신경 거슬리는 캐릭터의 스탬프와, [언제나 만나는 곳에서 기다리고 있을 테니까요!]라는 메시지가 도착했다.

메시지 엄청 빨리 확인하네…… 라고 생각하면서, [오케이]라고 대답했다.

스마트폰을 넣고 마키리 선생님을 뒤에서 걷고 있자니, 다른 반 학생들이 교실 안에서 우리 둘을 호기심어린 눈빛으로 쳐다보는 걸 깨달았다.

"야, 저기 봐……."

"마키리 선생님한테 호출당한 거야?"

"토모키가 또 뭔가 저지른 모양이네. ……용케 퇴학당하지 않는구나, 저 녀석."

작게 속닥거리는 말들이 귀에 들어왔다.

……2학년 1학기도 이제 얼마 안 남았는데, 여전히 나를 무서워하고 있다.

라고 생각하고 있자니, 마키리 선생님이 갑자기 걸음을 멈추고 소곤거리던 녀석들을 날카롭게 노려보았다.

"너희들. 나나 토모키 군한테 무슨 할 말이라도 있니?"

차가운 시선과 딱딱한 목소리. 평소에 자상하게 대해주시기 때문에 쉽게 잊곤 하지만, 기본적으로 마키리 선생님은 '엄하고 무서운' 분이다.

그 눈빛을 받은 학생들은 그 말에 '아, 아뇨……'라고 기어들어가는 목소리로 대답하는 게 고작이었다.

"그러니? 그렇다면 억측으로 근거 없는 소리를 퍼뜨리지는 말도록 하렴."

마키리 선생님은 그 말만 남기고 다시 걷기 시작하셨다. 그 모습을 보고 학생들은 안도의 한숨을 내쉬고 있었다.

많은 학생들에게 마키리 선생님은 분명 무서운 선생님일 것이다. 하지만 지금의 대응은 이상한 소문으로 고생하는 나를 지키기 위한 행동이 분명하다.

나는 조금 기뻐졌다.

"……뭘, 히죽거리는 거니, 토모키 군?"

"저, 지금 히죽거리고 있었나요?"

조금 앞에서 걷던 선생님이 이쪽을 바라보면서, '그래'라고 고개를 끄덕거렸다. ……나는 스스로 생각하는 것보다 훨씬 얼굴에 잘 드러나는 성격일지도 모르겠다.

"……죄송합니다, 신경 안 쓰셔도 돼요."

내 말에 선생님은 이상하다는 듯이 고개를 갸웃거렸지만, 그래도 깊이 추궁하지는 않았다.

"그래서 하실 말씀이란 게 뭔가요?"

"시험 얘기를 하려고."

마키리 선생님은 그렇게 말하며 부드럽게 웃으셨다.

나는 조금 당황했다. 칭찬받는 건 기쁘지만 어쩐지 낯간지럽다.

"고맙습니다. ……하지만 제가 2등까지 올라간 건 실력이 아니라 이케가 공부를 가르쳐줘서 그런 거예요. 정말로 대단한 건 이케죠."

이제까지 치러진 모든 시험에서 한 번도 전교 1등을 놓친 적이 없는 친구의 이름이 나오자, 선생님은 천천히 고개를 가로저었다.

"아무리 우수한 사람이 가르치더라도 듣는 쪽이 제대로 하지 않으면 의미가 없는 법이니까. 토모키 군, 네가 2등이 된 건 다른 누구 때문이 아니라 너 자신이 노력했기 때문이야. 가슴을 펴도 돼."

"공부를 가르쳐주는, 함께 분발할 수 있는 친구가 있다는 건 꽤 큰 요소라고 생각해요. 확실히 의욕을 내더니 성적이 급상승한 아사쿠라 같은 사례가 있으니, 본인의 노력은 반드시 필요하지만요."

갑자기 전교 5등이 된 아사쿠라 이야기를 꺼내자 선생님의 표정이 진지해졌다.

"아사쿠라 군의 이야기도 듣고 싶었어. ……방금 전에 한 말이랑 모순된다는 건 알지만, 그렇게까지 성적이 급상승하면 역시 평소 수업 내용에 문제가 있는 게 아닌지 걱정이 들거든….."

"저번하고는 모티베이션이 비교도 안 되게 강했고, 게다가 이케가 전담해서 기본을 가르치면서 약한 분야를 해결했으니까 선생님 책임은 절대로 아니라고 생각합니다."

내 말에 마키리 선생님은 쓴웃음을 지었다.

"이케 군한테도 아사쿠라 군의 성적 향상 비결에 대해 물어보니 너랑 똑같은 말을 하더구나."

"이케한테도 물어보셨나요?"

"그래. 토모키 군도 함께 공부했으니까 옆에서 보면서 느낀 점이 있었을지도 모르겠다, 라고 말하더라. 그래서 너한테도 물어보기로 한 거야. 물론 아사쿠라 군한테도 직접 물어봤어."

"그러셨군요. 아사쿠라는 뭐라고 하던가요?"

"이케한테 배웠다는 말이랑……, '공부를 잘하는 이케랑 토모키는 인기가 많은데, 왜 저는 공부를 잘하게 되었는데도 인기가 없는 걸까요?'라고 오히려 되묻더구나."

"그래서 선생님은 뭐라고 대답하셨나요?"

"학생 때의 연애가 전부는 아니야, 라고……."

"학생일 때 연애는 포기하는 편이 낫다고 못 박아 버린 거잖아요……!"

나도 모르게 비난하듯 말해버리고 말았다.

그런 건 아니라고 주의를 주실 줄 알았는데, 어째서인지 선생님답지 않게 얼굴이 새빨갛게 달아올라, 어딘지 분한 표정으로 고개를 숙이고 계셨다.

……어떤 감정을 안고 있는 건지, 그 표정으로는 읽어낼 수 없다.

"선생님……?"

내가 마키리 선생님을 부르자 퍼뜩 놀란 표정을 짓더니,

"그러고 보니 묻고 싶은 게 하나 더 있었어."

라고 노골적으로 말을 돌렸다. 그렇게 캐물을 만한 일도 아니기에,

"하나 더요?"

나는 그렇게 중얼거리고, 이야기를 계속해 달라고 재촉했다.

"아사쿠라 군도 그런 말을 하던데, 토모키 군이 인기가 많다는 건 아무래도 사실인 모양이구나."

마키리 선생님은 나를 똑바로 바라보면서 말을 이었다.

"하사키 양하고 요즘 묘하게 사이가 좋은 것 같은데…….

이케 양이랑 '가짜' 연인 관계를 유지한 채로, 하사키 양하고도 교제하기 시작한 거니?"

마키리 선생님은 나와 카나의 관계에 대해 질문했다.

사정을 모르는 제삼자가 보면 나는 양다리를 걸친 남자로 보이겠지.

하지만…… 마키리 선생님은 나와 토우카가 '가짜' 연인 관계라는 걸 알고 계신다.

그렇기에 지금 관계가 더욱 이상하게 보일 것이다.

"카나하고는……, 많은, 일들이 있었어요."

어떻게 설명해야 할지 고민하면서, 나는 그렇게 대답했다.

그러자 마키리 선생님은 갑자기 멈춰 섰다. 어느새 교무실 근처까지 와 있었다.

그녀는 가장 가까운 방의 문을 열었다. 이미 몇 번쯤 와본 경험이 있는 학생지도실이었다.

마키리 선생님은 진지한 표정으로 다시 물었다.

"……조금만 더, 이야기를 들려줘도, 괜찮겠니?"

그녀는 내가 진심으로 신뢰할 수 있는, 몇 안 되는 인간이다.

가볍게 남한테 퍼뜨릴 만한 분도 아니고, 불이익을 주지도 않을 것이다.

내 이야기를 듣고 힘이 되어주시려는 것이다. 그녀의 올

곧고 힘 있는 눈빛을 보면 알 수 있다.

그렇게 확신한 나는, 마키리 선생님에게 고개를 끄덕였다.

복도에서 서서 이야기……하는 건 조금 곤란하다. 마키리 선생님의 안내를 받아들여 학생지도실로 들어갔다. 그리고 문을 잠근 후에 마주보고 의자에 앉았다.

마키리 선생님은 내 이야기를 기다리는 듯했다.

나는 천천히 입을 열었다. 그리고 최근에야 카나와 내가 어릴 적 소꿉친구였다는 사실을 알았고, 그녀가 나에게 품은 마음을 고백했다는 것도 말했다.

그래도 역시 카나가 '나츠오'라고 불렸던 과거나 구체적으로 있었던 일들까지 털어놓을 수는 없지만, 그래도 지금 상황이 어떤지는 마키리 선생님도 알아주신 듯했다.

"……그래서 토모키 군은 그 고백에 어떻게 대답했니?"

"거절했습니다."

"……어째서? 하사키 양은 동성인 내 눈으로 봐도 멋진 여자아이라고 생각하는데."

"'가짜'라 해도 저는 토우카와의 관계가 소중하다고 생각했어요. 게다가 연애 감정도 없으면서 사귀는 건 실례라고 생각했고요. ……그리고 그때는 의식하지 않았던 거지만요."

"어떤 걸?"

하사키에게서 고백을 받았을 때는 기쁜 한편으로 그녀에게 상처를 준다는 미안함 때문에 다른 생각은 할 수 없었지만.

요즘, 가끔씩 문득문득 떠오르는 감정.

"저는……, 무서워요. ……이 무서움의 원인이 뭔지 모르겠다는 점까지 포함해서요."

카나의 고백을 거절한 내가 무서워할 이유는 전혀 없다, 라고 머리로는 이해하면서도…….

스스로도 제대로 표현할 수 없지만, 나는 가끔 무서워지는 때가 있다.

이 감정의 유래도 정체도 모른다는 게, 나를 더욱 불안하게 만들고 있었다.

"나는 토모키 군을 1학년 때부터 꾸준히 봐 왔고, 네 가정환경도 어느 정도는 알고 있어. 그래서인지 그 두려움의 정체도 어쩐지 알 것 같다는 기분이 드는걸."

마키리 선생님은 그렇게 말한 후에 미소를 짓고, 말을 이었다.

"……아직은 그 기분의 정체를 몰라도 괜찮아. 네 마음속에서 제대로 받아들일 수 있는 날이 분명 올 테니까. 그러니까 너무 겁먹지는 말도록 해."

"……그런 걸까요?"

마키리 선생님의 조언은 좀처럼 이해가 가지 않았다. 내가 납득하지 못하고서 그렇게 묻자, 이번에는 어딘지 놀리듯이 말씀하셨다.

"조금 더 가볍게 대답하자면, 토모키 군도 어른스럽게 보여도 역시 다감한 시기구나, 라고 말할 수 있으려나."

그녀는 그렇게 말하고는, 이제까지 본 적 없는 어린애 같은 웃음을 지었다.

……그녀의 웃음과 발언으로, 갑자기 그렇게까지 고민할 문제는 아니라는 생각이 들었다.

"그렇군요. 일단 지금은 그다지 신경 쓰지 않도록 할게요."

"그렇게 하렴. ……단, 하사키 양에 관해서도 신경 쓰지 않아도 된다는 생각은 금물이야. 절대로 불성실한 대응은 하면 안 돼. 알겠지?"

마키리 선생님은 평소보다도 엄한 말투로 나에게 다짐하셨다.

"그건, 당연하죠."

선생님은 내 대답에 만족스럽게 고개를 끄덕이시더니,

"그럼 시간을 빼앗아서 미안하구나. 다음 수업에 늦으면 안 되니 슬슬 돌아가도록 하렴."

이라고 말씀하셨다.

나는 고개를 끄덕이고 자리에서 일어섰다. 하지만 하필 그때 선생님도 자리에서 일어났다.

예상치 못하게, 그녀와 지근거리에서 눈이 마주쳐 버렸다.

갑작스러운 일이라 가슴이 크게 뛰고── 그와 동시에 어떤 사실을 깨달았다.

"선생님, 왠지 오늘 화장이 진하신 것 같아요."

"……지금 뭐라고 했니?"

내 말을 듣고 노골적으로 언짢은 목소리를 내는 마키리 선생님.

지금 건 내 말하는 방법이 문제였어……! 그렇게 반성한 후에 다시 말했다.

"죄송해요, 말을 이상하게 했네요. 눈 화장을 진하게 해서 다크서클을 가리신 거죠? 좀 피곤해 보이는데, 괜찮으신가요?"

내 말을 듣고 '아, 그 말을 하고 싶었던 거구나'라고 선생님은 쓴웃음을 짓더니, '괜찮아'라고 말씀하셨다.

"……괜찮지 않은 사람일수록, 스스로를 타이르듯 '괜찮아'라고 말하는 경향이 있다더라고요."

내 말에 마키리 선생님은 조금 황당하다는 듯이 대답했다.

"정말로 괜찮다니까. 어제 아버지랑 통화하다가 가볍게 말다툼을 해서 그래. 그 피로 때문일 거야."

그렇게 대답하더니,

"어느 가정이든, 크든 적든 문제는 있는 법이니까."

힘없이 웃으면서, 마키리 선생님은 말했다.

그건 방금 전의 '괜찮아'와 달리 스스로를 타이르는 말이 아니라는 걸 금세 알 수 있었다.

내 가족관계가 원만하지 않다는 걸 마키리 선생님은 알고 계시니까.

"······그러게 말이에요."

나는 그렇게 말한 후에, 마키리 선생님에게서 등을 돌려 학생지도실에서 나가려 했다.

문에 손을 댔을 때, 선생님이 '아, 맞다'라고 입을 여셨다.

나는 고개를 돌려 그쪽을 보았다.

"가정 문제든 친구 문제든, 뭐든 이야기 해주면 기쁠 것 같아."

그 목소리는 한없이 자상하기만 했다.

"······넵."

말해봐야 아무 도움이 되지 않는 일도 있는 법이지, 라는 생각에 그만 무뚝뚝하게 대답해 버렸지만.

역시 나는 마키리 선생님이 해주신 말에서 느껴지는 따뜻함까지 모른 척할 수는 없었다.

5

학생회실로

마키리 선생님과 대화를 끝내고 옥상에서 기다려 준 토우가와 함께 점심을 먹고 나서, 졸음이 밀려드는 오후 수업까지 끝낸 쉬는 시간의 일.

"아까 복도에서 봤는데, 마키리 선생님한테 호출당하지 않았어?"

내 자리로 찾아온 아사쿠라가 말을 걸었다.

"그래."

"무슨 일이라도 있었어?"

걱정스러운 듯이 묻는 아사쿠라.

마키리 선생님은 무섭다는 이미지가 있기 때문에, 내가 호출되어서 혼나기라도 하진 않았는지 걱정해준 걸지도 모른다.

"대단한 건 아니었어."

내가 대답하자 아사쿠라는 그 말을 간단히 믿었는지,

"흐음~, 그렇구나."

라고 한 마디 중얼거렸다.

그러더니 이번에는 마키리 선생님 이야기를 꺼냈다.

"마키리 선생님은 미인이지만 무서워서 다가가기 힘들어."

"확실히 그런 이미지는 있지만, 나는 좋은 선생님이라고 생각해."

"이미지라고 할까, 실제로 목소리도 차갑고 표정도 딱딱하고 무슨 생각을 하시는지 잘 모르겠어서, 역시 난 무서워."

"……그렇게까지?"

라고 말하면서 아까 다른 반 학생들에게 주의를 주시던 걸 떠올리고 나니, 확실히 무서워해도 어쩔 수 없다는 생각도 들었다.

"그래. 내가 얼마 전에 대화할 때도 상당히 엄하게 말씀하시더라고……."

아사쿠라는 눈을 감고, 슬픔에 잠긴 표정을 지었다. ……아마 선생님이 못 박듯 말씀하셨다는 그때를 말하는 거겠지.

내가 아무 대답도 못 하고 있으려니, 아사쿠라는 고개를 갸웃거리면서 물었다.

"그래도 토모키는 마키리 선생님 편인가보네……. 혹시 차가운 눈빛으로 바라보는 게 좋은 거야?"

"그런 건 아냐."

내가 그렇게 말하자 아사쿠라는 콧등을 손끝으로 비비면서, 쑥스러운 듯이 웃었다.

"나는……. 뭐, 싫지는 않지만."

"그, 그러냐……."

아사쿠라의 커밍아웃에 딴죽을 걸지도 못하고, 나는 그렇게만 대답했다.

……어쩌면 나를 걱정해 주는 게 아니라, 단순히 부러웠을 뿐일지도 모른다.

"그런 쿨한 미녀가 우연한 기회로 귀여운 원래 표정을 보여준다, 같은 갭이 있다면……, 최고잖아?"

아사쿠라는 확신하듯 그렇게 말하고, 나에게 동의를 구했다.

"그러게, 최고지."

확실히 귀여울지도 모르지만, 최고라는 말까지 할 수 있을까……? 라고 생각했지만 아사쿠라의 주장을 부정했다간 그의 마음에 괜한 상처를 줄 가능성도 없지는 않기에, 나는 적당히 동의했다.

"뭐가 최고라는 거야~?"

우리의 대화가 신경 쓰였는지 옆에서 카나가 말을 걸었다.

"아, 마키리 선생님 얘기를 하고 있었어. 아까 토모키가 호출당했거든."

걱정스러운 표정으로 카나는 나에게 물었다.

　"그랬어? 마키리 선생님은 무서운데, 별 일 없었어?"

　"그래, 문제없어."

　내가 대답하자 카나는 부드럽게 웃더니 다시 이렇게 말했다.

　"다행이네. 그래서 아까 하던 이야기 말인데. ……마키리 선생님의 뭐가 최고라는 거야?"

　……얼굴은 부드럽게 웃고 있지만, 눈은 전혀 그렇지 않았다.

　나는 아사쿠라를 보았다. 그는 상쾌한 미소를 지으면서,

　"그런 쿨한 미녀한테 귀여운 면이 있다면 최고겠다, 라는 이야기를 토모키랑 하고 있었어."

　라고 카나에게 말했다.

　……방금 전의 상쾌한 웃음을 보고 적당히 둘러대 주지 않을까 기대했지만 그런 일은 없었다.

　"아하~. 유우지 군, 그런 걸 좋아하는구나. 흐응~."

　토라진 표정으로 원망스러운 시선을 보내며 카나가 중얼거렸다.

　"아니, 그런 건 아니지만……."

　"토우카쨩이랑 사귀면서도 마키리 선생님을 최고라고 말하기도 하고……, 나를 아이돌 같다고 말하기도 하고.

유우지 군은 꽤 바람기가 있구나. ……벌써부터 사귀고 난 후가 걱정이야."

우울한 표정으로 중얼거리는 카나.

어디부터 딴죽을 걸어야 할지 몰라 말없이 생각에 잠겨 있자니, 아사쿠라가 상쾌하게 웃으면서 내 어깨에 손을 얹었다.

"토모키……. 솔직히 말하자면 난 네가 하사키한테 욕먹는 걸 기대했는데……. 이건 왠지 좀 다르다는 느낌이 들거든?"

깊은 슬픔이 엿보이는 그 표정에, 나는 당혹스러워졌다.

"다르지 않은 건 아니……려나."

너무나 비통한 아사쿠라의 표정을 보니 미안하지만, 나도 단언할 수가 없었다…….

☆　☆　☆

그리고 방과 후.

언제나 그렇듯 돌아가려고 자리에서 일어났을 때, 이케가 말을 걸었다.

"미안해, 유우지, 지금부터 잠깐 할 얘기가 있는데, 학생회실로 와 줄 수 있어?"

또 학생회 일을 돕는 건가?

별다른 일도 없으니 토우카에게 미리 연락해두면 문제 없겠지. 이케의 말에 나는 고개를 끄덕이고 대답했다.

"그래, 괜찮아."

"고마워. 그럼 같이 가자."

이케는 웃으며 대답했다.

그리고 우리는 함께 교실에서 나왔다.

복도를 걸으며 토우카에게 학생회실로 간다고 메시지를 보내자, 곧바로 답장이 왔다.

[그러면 저도 학생회실로 갈게요~.]

"토우카도 학생회실로 온다는 모양이야."

옆에서 걷는 이케에게 말하자 그는 쿡 하고 웃었다.

왜 그러는 걸까 생각해서 시선을 보내니,

"아, 사이가 좋다고 생각했을 뿐이야. 바람직한 일이지."

딱히 놀리는 건 아니고, 어느 쪽인가 하면 이케 스스로가 안심한 분위기였다.

나는 어째서인지 창피한 기분이 들어,

"그렇지."

그런 무뚝뚝하고 짧은 대답밖에 할 수 없었다.

내 대답에 이케도 어딘가 기쁜 듯이 웃었다.

……그러는 동안에 학생회실에 도착했다.

문을 열고 학생회실 안으로 들어가 보니, 이미 학생회 임원인 서기 타나카 선배와 회계 스즈키가 있었다.

"여어, 둘 다 어서 와."

"안녕!"

두 사람은 우리를 보더니 그렇게 인사했다.

이 둘은 나에게 편견을 갖지 않고 대해주는 몇 없는 인물들이다.

"안녕하세요."

나는 짧게 대답했다.

"둘 다 일찍 오셨네요. 타츠미야는 조금 늦는다고 들었는데……. 타케토리 선배는요?"

이케의 말에 타나카 선배가 씁쓸하게 웃으며 대답했다.

"타케토리는 그다지 흥미가 없으니까 아마 안 올 것 같아."

"그런가요. 역시 와 주지 않으시는군요."

타나카 선배의 말에 이케는 아쉬워하며 대답했다.

학생회 임원이라면 집회 같은 때에 봤을 테지만, 동급생인 타츠미야의 얼굴조차 기억하지 못했던 나로서는 그 타케토리 선배라는 사람의 얼굴을 전혀 떠올릴 수가 없었다.

"뭐, 어쩔 수 없지. 그럼, 토우카가 오면 오늘 와달라고 한 이유를 설명……."

까지 말했을 때 학생회실 문을 노크하는 소리가 들려, 이케가 입을 다물었다.

"들어오세요~."

스즈키가 대답하자 문이 열렸다.

"안녕하세요~! 제가 사랑하는 유우지 선배는, 여기에 있나요~?"

"그래, 여기에 있지."

재미있다는 듯이 이케가 부드럽게 웃으며 토우카에게 말했다.

토우카는 곧바로 내 곁으로 다가와 옆에 섰다.

"또 오빠한테 붙잡히셨나 봐요, 선배. 사랑하는 여친과 보낼 둘만의 시간을 빼앗기다니……, 불쌍해라! 위로해 드릴 테니 어서 제 가슴에 뛰어들어 주세요♡"

애교 섞인 목소리로 두 손을 펼치는 토우카에게, 대체 무슨 헛소리를 하는 건지 모르겠다는 시선을 보냈다.

"아앙~, 선배. 그렇게 뚫어져라 바라보시면 창피하거든 요?"

"……그래서, 결국 용건이란 건 뭐였어?"

이렇게 내 반응을 신경 쓰지 않는 토우카의 말을 적당히 흘려 넘기고 물었다. 그녀는 잠깐 불만스러운 표정을 지었지만, 그래도 금세 기분이 좋아져 나와 마찬가지로 이케에게 시선을 보냈다.

"조금 할 이야기가 있거든. 일단 이것 좀 봐줄래?"

이케는 그렇게 말하면서 스테이플러로 철한 자료를 건네주었다.

"그건 작년 거지만……. 매년 8월 초에 학생회 임원들이 1박 2일로 합숙을 가거든. 학교생활의 문제점에 대해 기탄없이 토론하고 앞으로 더 좋은 환경을 만들기 위해서야. 그리고 합숙을 통해 임원끼리 연계를 강화한다……는 명목이고 실제로는 친목회 같은 거지만."

"오오~, 그런 게 있었구나."

내가 말하자 이케는 '그래'하고 고개를 끄덕인 후에,

"그 합숙에 유우지도 오면 좋겠다고 생각했거든. 참가비 일부는 부담해야 하지만 그렇게 비용이 높지는 않으니까, 혹시 어떨까 해서."

자료에는 작년 1인당 부담액이 얼마였는지 기재되어 있는데, 확실히 그렇게 큰 액수는 아니다…….

하지만 그것보다 큰 문제가 있을 텐데.

"나는 학생회 소속이 아닌데 참가해도 되는 거냐?"

내가 묻자 이케는 고개를 끄덕였다.

"그래, 선생님 허가도 받아 뒀어. 너만 괜찮다면 아무 문제 없어. ……그리고 토우카도."

"어, 나도? ……어째서?"

갑작스럽게 제안을 들은 토우카가 이상하다는 듯이 반

응했다.

"유우지는 작년부터, 토우카도 이번 스터디 이벤트부터 학생회 일을 조금씩 도와주었잖아? 환경개선을 위한 토론을 하려면 학생회 외부에서도 의견을 들어야 하니, 그런 이유로도 참가자가 몇 명쯤 늘어나는 건 환영이야. 학생회에 협조적인 인간이라면 더 좋고 말이야. 실제로 작년에도 전례가 있었던 모양이니 너희 둘이 참가하는 건 문제가 없다는 거야."

그런가, 전례가 있다면 간단히 이야기가 진행되겠군.

"일단 결정하기까지 며칠쯤 기다릴 수 있기는 한데……. 어떻게 생각해?"

이케가 나에게 물었다.

"가요, 선배!"

그러자 내 옷을 붙들고서 토우카가 말했다.

"의욕이 넘치네."

"즐거울 것 같잖아요. 선배는 싫으신가요?"

"……아니. 확실히 즐거울 것 같기는 해. 나도 참가하게 해 줄래?"

내가 이케에게 말하자,

"좋아! 그렇게 말해주면 고맙지. 그럼 자세한 건 나중에 다시 알려줄게. 조금만 더 기다려 줘."

안심한 표정으로 이케가 말했다.

"잘 부탁해. 토모키 군, 이케 양."

"기대된다."

타나카 선배와 스즈키도 환영해 주었다.

"아, 까먹을 뻔했네. 만일에 대비한 합숙 참가 보호자 동의서야. 일단 여기에 보호자 서명이랑 날인이 필요한데, 괜찮아?"

이케가 그렇게 말하면서 클리어파일에 끼워진 동의서를 건네주었다.

"……그래, 문제없어."

나는 아버지의 얼굴이 떠올라 살짝 대답이 늦어졌다.

이케는 잠시 내 표정을 보았지만,

"그럼 부탁할게. 나한테 주거나 당일에 인솔 예정인 마키리 선생님한테 직접 제출하면 돼."

그렇게 말하고 내 어깨를 탁 두드렸다.

"선배……?"

내 낌새가 이상하다고 느낀 걸까.

토우카는 고개를 갸웃거리며 그렇게 말을 걸었다. 나는 그 말에 쓴웃음으로 답했다.

그 후로 나와 토우카는 임원들에게 가볍게 인사하고 학생회실에서 나왔다.

그리고 아무 말 없이 걸어 교문을 통과했다.

잠시 걷다 보니,

"……선배, 부모님이랑 사이 안 좋으세요?"

토우카가 단도직입적으로 물었다.

나는 못 들은 척하고 계속 걸었지만, 말없이 옆얼굴을 바라보는 토우카의 압박감에 져서 결국 입을 열었다.

"응. 부모님은 이혼해서 집에는 아버지밖에 없는데. 그 아버지랑도 대화 안 한 지 몇 달은 됐어."

"어, 으음. 그랬군요. 무신경하게 물어봐서 죄송해요."

내 말을 듣고 토우카는 기가 팍 죽었다. 돌려서 비난하는 것처럼 들렸을지도 모른다고 생각해 나는 황급히 말을 이었다.

"요즘 세상에 이혼은 드물지도 않고, 부모님이랑 사이가 안 좋은 사람도 많잖아? 숨길 일도 아냐."

"……선배가 아버님이랑 사이가 안 좋은 건, 뭔가 원인이 있었나요?"

내가 한 말을 듣고, 토우카가 주뼛거리면서도 조심스럽게 물었다. 숨길 일도 아니라고 말하자마자 대답해줘야 하는 신세가 되었다.

"우리 아버지는 정의감이 강한 경찰관이었어. 내가 싸움을 하면 나를 때리면서 자주 이런 말을 했지. 싸움처럼 시시한 짓거리는 하지 말고, 자신의 정의를 위해서 주먹을 휘두르라고. ……하지만 누구도 나를 구해주지 않았고, 주먹 말고는 자신을 지킬 수단이 없으니까 싸움은 계속 했지만."

내 말을 토우카는 말없이 듣고만 있었다.

"내가 지금 학교에서 붕 뜨게 된 결정적인 사건. 아직 제대로 이야기한 적이 없었지?"

"네, 제대로는 없어요."

"하품이 나올 정도로 따분한 이야기지만……."

나는 그런 전제를 달고, 1년 전의 일을 토우카에게 말하기 시작했다.

★   ★   ★

학교에서 집으로 돌아오는 것뿐이지만, 이렇게 매일같이 비가 내리면 기분이 가라앉는다.

장마철이니 어쩔 수는 없지만, 그래도 마음이 음울해진다.

미간을 찌푸린 채로 걷고 있자니 같은 교복을 입은 남녀가 나를 깨닫고 거리를 두었다. 그러더니 작은 목소리로 뭐라고 자기들끼리 소곤거리기 시작했다.

……내가 짜증을 내는 건 꼭 장마 때문은 아니었다.

고등학교에 진학한 지 이미 석 달이 지났다.

이제까지와 마찬가지로 교사 학생 할 것 없이 수많은 사람들에게서 노골적으로 기피당하는 날들.

불량학생 행세를 하고 있다고는 생각하지 않지만, 그렇다고 품행방정한 생활을 하는 것도 아니고 적극적으로 대화를 시도하는 것도 아니니, 그렇게 오해받아도 어쩔 수 없다는 기분도 든다.

……단, 같은 반의 이케 하루마. 그 녀석만은 예외였다.

외모도 상쾌하고, 나에게도 겁먹지 않고 말을 걸어주는 담력.

솔직히 말해 '모두 사이좋게 지내자!' 같은 소리를 진지하게 하는 녀석은 엄청나게 수상하게 느껴진다.

분명히 뭔가 꿍꿍이가 있을 거다. 괜히 얽혔다가 고생하지 않게 조심해야지.

고등학교에 진학해서 겪은 특이한 일이라면, 기껏해야 그 정도…….

아니, 하나 더 있다.

일만 신경 쓰고 집안 문제에는 전혀 신경 안 쓰던 아버지와 어머니의 이혼이 결정되었다.

시간 문제였다고는 생각한다.

겁에 질려 아버지의 안색만 살피는 어머니, 가족한테는 무관심하고 일에만 몰두하는 아버지.

이제까지 이혼하지 않은 게 신기할 정도였지만, 내 고교 수험이 끝날 때까지 기다렸다는 이유를 듣고 납득했다.

방금 전에 어머니에게 본가로 돌아갔다는 연락을 문자

메시지로 받아도.

둘이 이혼했다는 사실을 아버지에게 편지로 전달받아도.

놀라지 않았다. 그저 짜증만 치밀어 올랐다.

──하필 그런 때에, 나는 멍청하게 구는 녀석들을 보고 만 것이다.

"내가 돈 가지고 오라고 했냐 안 했냐?"

"이제 없어요, 좀 봐주세요."

뻔한 대화. 들자하니 정기적으로 괴롭힘을 당하는 듯했다.

주위에는 상황을 파악한 듯한 사람도 있었다.

하지만 그 양아치들에게 겁먹어 다들 보고도 못 본 척하고, 도움을 요청하려는 사람도 없었다.

짜증이 더 강하게 치밀었다.

힘에 굴복해 반항조차 못 하는 소년에게.

떼로 몰려다니며 약자를 괴롭히는 양아치들에게.

보고도 못 본 척하는 누군지도 모르는 사람들에게.

무엇보다⋯⋯, 저 양아치들에게 갈 곳 없는 분노를 쏟아 내려는 자기 자신에게.

★ ★ ★

"이 자식, 너 대체 뭐야!"

괴롭힘을 당하던 소년을 보내준 후에 양아치들과 싸우게 되었다.

양아치들은 친구들에게 연락해 최종적으로 모인 인원은 열 명 이상이었지만, 나는 그 자식들을 하나도 남김없이 전부 때려눕혔다.

그렇게 날뛰었는데도 기분은 조금도 상쾌해지지 않았다. 오히려 그 자리에 내 얼굴을 아는 학생이 있었는지 시간이 지난 후에 문제가 발생했다.

학교에 아버지와 함께 호출되어, 사건 경위 조사와 처분이 정해질 때까지 일시적으로 근신하는 처지가 되었다. 교사 말로는 퇴학당할 가능성까지 있다고 하는데, 이제는 어떻게 되든 알 바 아니었다.

학교에서 이야기를 듣고 집으로 돌아오자, 아버지는 나를 두드려 팼다.

"시시한 짓거리나 하고……. 내가 너한테 그렇게 말했지. 자신을 위해서 폭력을 휘두르지 말라고!"

언제나 이런 식이다. 내가 싸웠다는 얘기를 들으면 아버지는 꼭 나를 때린다.

남이 시비를 걸기에 스스로를 지키려고 한 싸움도, 이번처럼 아무튼 누군가를 구하기 위해서 한 싸움도, 상관하지 않고서.

"정의가 없는 폭력은 타인을 상처 입히고 자신을 타락

시킨다. 남을 구하겠다는 목적 외에는 주먹을 휘두르지 말라고 말했는데……. 들을 생각을 안 하니까 이렇게 되는 게 아니냐. 오늘은 네 그 썩어빠진 근성을 철저하게 고쳐주마. 각오해라."

아버지는 내 멱살을 잡더니 다시 한 번 꽉 쥔 주먹으로 내 뺨을 때렸다.

……평소였다면 나는 말없이 맞고만 있었을 것이다. '싸움은 나쁜 짓이다'라는 아버지의 말은 분명히 정론이기 때문이다.

하지만……, 이 날 나는 이제까지 겪어본 적 없을 정도로 심하게 짜증이 나 있었다.

"그럼 아버지가 나를 때리는 건 올바른 일이야?"

아버지의 팔을 잡고서 나는 그렇게 물었다.

"말로 해도 못 알아듣는 놈은, 때려서라도 말을 듣게 해야지!"

"……그런 식으로 자기 하고 싶은 말만 늘어놓고 상대방 말은 들을 생각도 안 하니까 엄마가 도망쳐 버린 거잖아."

"……너, 지금 뭐라고 했어?"

아버지가 조용히 되물었다. 이제까지와는 비교도 되지 않는 강한 분노가 느껴졌다.

"내 말도 엄마 말도 귓등으로도 안 듣고, 가장입네 뭐네

하면서 구시대적인 짓거리나 하고 있으니까 엄마도 도망친 거라고, 그렇게 말했어."

"……알았다, 이제 말하지 마라."

아버지는 그렇게 말하더니, 나를 밀쳐내고 힘주어 발을 내디디며 덤벼들었다.

분노로 평정을 잃었는지 펀치 동작이 컸다. 피하기는 쉬웠다.

균형을 잃은 아버지의 팔을 잡고서, 나는 말했다.

"……괴롭힘 당하는 고등학생을 구하려고 싸우는 건 정의가 아니고 뭔데? 남이 시비를 걸어서 나 자신을 지키기 위해 싸우는 건 '무언가를 구하기 위한' 폭력이 아니고 뭔데?"

나에게도 책임이 있다는 것 정도는 안다. 그래도 묻지 않고서는 견딜 수 없었다.

"그럼 나는 보고도 모른 척하면 되는 거야? 저항도 안하고 그냥 맞고만 있으면 되는 거야?"

내가 물어도 아버지는 아무 대답도 하지 않았다.

그게 또 한없이 짜증스러웠다.

"입 다물고 있지 말고, 뭐라고 말을 해보라고!"

나는 주먹을 쥐어 아버지를 때렸다. 정의를 위해서도, 뭔가를 지키기 위해서도 아닌, 단순한 폭력.

맞아 쓰러진 아버지를 나는 내려다보았다.

아버지는 현역 경찰관이고 몸도 단련되어 있다. 저번에 싸운 녀석들보다 훨씬 치고받는 보람이 있을 것이다. 죽어라 주먹을 휘두르면 조금은 기분이 후련해질지도 모른다.

그렇게 생각하고 아버지를 내려다보았지만, 일어날 낌새는 없었다.

"언제까지 자빠져 있을 건데. 아버지의 정의를 위해서 나를 또 때려 보시지?"

그렇게 말하고 쓰러진 아버지의 멱살을 잡아 세우려 하다가……, 깨달았다.

나를 보는 아버지의 시선이 '분노'에서 '공포'로 바뀌었다는 것을.

내 눈앞에 있는 건 이제까지 정의를 가르쳐주겠다며 날뛰던 아버지가 아니라── 자신이 감당할 수 없는 폭력 앞에서 겁에 질린 약해빠진 남자였다.

꽉 쥐었던 주먹에, 멱살을 쥔 손에, 그 이상은 힘이 들어가지 않았다.

겁에 질린 그 모습을 본 순간, 나는 모든 게 우습게 느껴져…….

그 날부터 이제까지, 나와 아버지 사이에는 대화가 사라졌다.

★　★　★

　그리고 폭력 사건 때문에 퇴학당할 뻔했던 나를 구해준 사람이 바로 이케와 마키리 선생님이었다.

　이케는 어떻게 사정을 알았는지, 그때 괴롭힘 당했던 남학생을 찾아내 학교측에 도움 받은 사실을 증언하게 해 주었다.

　제대로 대화 한 번 나눠보지 않은 나를 위해 상당한 고생을 한 듯했다.

　놀랍게도 이케는 그때의 양아치들과도 교섭해, 이후에 그들이 문제를 일으키는 일도 없어졌다.

　그리고 마키리 선생님은 처음부터 내가 괴롭힘 당하는 남학생을 구하기 위해 싸웠다는 말을 믿어주셨다. 새로 부임하신 분이라 자기 담당도 아닌데, 다른 교사진을 필사적으로 설득해 주셨다는 걸 그 후에 이케한테 들어서 알게 되었다.

　그 둘이 발 벗고 나서준 덕분에, 나는 정상참작의 여지가 있다고 인정되어 가벼운 처분만 받고 끝낼 수 있었다.

☆　☆　☆

　이야기를 끝내고 나는 천천히 토우카를 보았다.

고개 숙인 그 표정은 살짝 당황한 듯했다. ……괜한 이야기를 했나 싶어 반성하고 있자니, 토우카가 내 손을 부드럽게 덮어 감쌌다.

"말씀해 주셔서, 정말 고마워요. ……괴로우셨죠, 선배? 제가 그때 곁에 있었다면 좋았을 텐데."

토우카는 그렇게 말하며 나를 보았다.

그 상냥한 눈빛을 보니, 기쁘면서도 한편으로는 엄청나게 부끄러웠다.

"그런 일이 있었기 때문에, 선배는 여전히 아버님을 용서하지 못하는 거죠?"

토우카의 말에, 나는 '아~……'라고 낮게 신음하며 시선을 피했다.

"……어? 뭔가요, 그 반응은?"

"딱히 지금까지도 아버지를 용서 못 한다는 건 아니야. 사실을 말하자면, 그때 나는 부모님 이혼 문제도 있고 고등학교에서도 애들이 나를 무섭다면서 하도 피하는 바람에 스트레스가 많이 쌓여 있었어. ……아까 말한 것처럼, 괴롭힘 당하는 학생을 구한다는 명분을 내세워서 만만한 양아치들한테 마음껏 분풀이를 하고 싶은 마음도 분명히 있었으니까."

"그럴 리 없어요! 선배는 확실히 얼굴이 험악하고 의사소통장애에 의외로 폭력으로 해결하는 걸 아무렇지 않게 생각하는 호색한일지도 모르지만, 남한테 상처를 주면서 자기 스트레스를 풀 사람은 아니에요! 선배가 상냥한 사람이라는 건, 제가 보증해요……!"

"그거 위로하는 말 맞아……?"

객관적 사실에 입각한 토우카의 코멘트에, 나는 내 이제까지의 행실을 반성하는 한편 그녀가 보내주는 신뢰에 큰 기쁨을 느꼈다.

"그렇다면 이제 선배는 아버님께 미안하다고 생각한다는 소리인가요?"

내 말을 깔끔하게 무시한 토우카에게, 나는 고개를 끄덕였다.

"그래. 이래저래 고생을 시켰으니까. 사과하고 싶다고는 생각하지만, ……영 불편하거든."

"그렇다면 이번에 보호자 동의서에 서명을 받으면서 화해할 수도 있지 않을까요? 싸움밖에 모르던 선배가 친구들이랑 합숙을 하러 간다고 보고하면, 분명 기뻐해 주실 거예요!"

토우카가 밝은 표정으로 말했다.

"……그렇게 된다면야 좋겠지만."

내가 씁쓸하게 웃으며 대답하자,

"정 뭣하다면 귀엽고 성격도 싹싹하고 헌신적인 미래의 아내가 생겼다고 보고해도 돼요♡"

토우카는 아양떨듯 애교 넘치는 웃음을 지으며 그렇게 말했다.

　"……그런 사람이 생긴 기억은 없는데?"

　내가 말하자 토우카는 못 말린다는 듯이 고개를 절레절레 흔들면서,

　"선배의 샤이함에는 두 손 들었다니까요."

　라고 어딘가 자랑하듯 말했다.

　"……오, 벌써 역에 도착했네."

　"오호라? 이렇게 화제를 돌리시나요, 샤이보이 선배?"

　"내가 언제나 게임기를 휴대하고 다니는 이미지는 아니잖아?"

　"게임보이라고 한 적 없거든요, 샤이보이 선배?"

　토우카는 우후훗, 하고 웃더니 까치발을 들고 내 귓가에 다가와 속삭였다.

　"아무튼 선배랑 처음으로 함께하는 1박을 저는 기대할게요. 알았죠?"

　귓가가 간지러워서 몸을 뗀 후에 나는 토우카를 보았다.

　그녀는 장난스러운 표정으로 나를 올려다보고 있었다.

　"……노 코멘트할게."

　내 시시한 대답을 듣고, 토우카는 더욱 장난스럽게 웃었다.

☆　☆　☆

　그리고 나는 내가 사는 집에 도착했다.

　현관에는 아버지의 신발이 있었다. 아무래도 나보다 일찍 귀가한 모양이다.

　거실을 보았지만 그곳에는 없었다. 아마도 자기 방에 있겠지.

　나는 아버지의 방 앞에 서서, 가방에서 보호자 동의서를 꺼냈다.

　그리고 방문을 노크했다. 하지만……, 대답은 없었다.

　나는 천천히 문을 열었다. 아버지는 이어폰을 귀에 꽂고 독서를 하고 있는 듯했다.

　노크 소리는 못 들은 것 같다.

　그 등은 예전보다 훨씬 작아진 것처럼 보였다.

　나는 말을 걸어보지도 못하고 문을 닫았다.

　그런 간단한 계기로 대화를 할 수 있었다면, 이미 한참 전에 이런 관계에서 벗어났을 것이다.

　토우카가 등을 밀어줬는데, 난 왜 이렇게 한심할까.

　나는 그렇게 생각하면서 내 방으로 들어갔다──.

6

……고백?

금요일 밤에 일어난 일이다.

나는 근처 공원에서 일과인 러닝을 하고 있었다.

7월 중반, 기온은 질려버릴 정도로 높지만 조용하고 인적 없는 공원을 혼자 달리다 보니 기분이 상쾌해진다.

그런 식으로 즐겁게 달리고 있었지만…….

문득 사람 실루엣이 눈에 들어왔다.

이런 시간에 웬일이지, 라고 생각하면서 찬찬히 살펴보다가 그 실루엣이 비틀거리고 있다는 걸 깨달았다.

계속해서 뛰면서 다가가자, 뒷모습과 복장으로 젊은 여성이라는 걸 알 수 있었다.

……술에 취했나보다.

오늘은 흔히 말하는 '불금'이다.

내일은 토요일이라 쉬는 날이니 고삐 풀린 망아지처럼 마신 거겠지.

아무리 그래도 이런 한밤중에 만취한 젊은 여성 혼자서 괜찮을까?

말을 거는 편이 좋을지도……라고 생각했지만, 이렇게 인상이 험악한 남자가 갑자기 말을 걸면 분명 놀랄 것이다.

걱정은 되지만, 잠시 상황을 지켜보고 정말로 위험해 보인다면 그때 말을 걸자.

그렇게 생각하면서 달리다 보니…….

앞에서 비틀거리면서 걷던 여성이 요란하게 구르며 넘어졌다.

……저거 괜찮은 건가? 엄청 심하게 넘어졌는데, 다친 데가 없으면 좋겠다.

나는 그렇게 생각하면서 러닝을 멈추고, 그 쓰러진 여성에게 다가갔다.

잠시 가까이에서 상황을 지켜봤지만……, 그녀는 미동도 하지 않았다.

……혹시 급소를 찧었다든가?

나는 그렇게 생각해, 그 자리에 무릎을 꿇고 말을 걸었다.

"괜찮으세요?"

반응이 없다.

슬슬 진지하게 걱정이 되기 시작해, 나는 그 사람이 위쪽을 보도록 눕혔다.

얕은 호흡을 보고 일단 살아 있다는 걸 확인했다. 나는 안도의 한숨을 내쉬고 그 여성의 얼굴을 확인했다.

그리고 나는 충격을 받았다. ······왠지 낯이 익은 얼굴인데?

"마키리 선생님······?!"

나는 그녀의 이름을 저도 모르게 중얼거렸다.

언제나 늠름하고 기품 있고 아름다운 그녀와 이렇게 만취해서 자제력을 잃은 눈앞의 여성이 동일인물이라니, 나는 내 눈으로 직접 보면서도 도무지 믿기지가 않았다.

"음, 으응······."

그때, 취한 마키리 선생님의 어딘지 야릇한 신음소리가 동요하는 내 귀에 닿았다.

아무래도 내 목소리를 듣고 정신을 차리신 것 같았다.

눈을 번쩍 뜨더니, 흐리멍덩한 눈빛으로 나를 보면서 마키리 선생님이 물어보았다.

"······어라아, 토모기이 구운? 왜애 이헝 고세 이써어어?"

혀가 꼬여 말도 제대로 못 하는 마키리 선생님. 뭐라는 건지 전혀 못 알아듣겠다······.

입김에 에탄올 냄새가 진하게 섞여 있어, 꽤 많이 마셨다는 걸 알았다.

그리고 내 이름을 말했기 때문에 머릿속 한구석에서 생각한 다른 사람일지도 모른다는 가설도 사라졌다.

"저는 원래 이 시간에 러닝을 해요. 선생님이야말로…….
저기, 어떻게 되신 건가요?"

대놓고 물을 수는 없어, 난처하게 웃으며 빙 돌려서 그런
식으로 말했다.

"……뭐야아. 더목기 궁까지 그러어어언 소리를 하능
거아?"

"네?"

토라진 듯한, 왠지 모르게 슬픈 표정을 마키리 선생님은
짓고 있었다.

"죄송해요, 무슨 말씀이시죠?"

그 말을 듣고 내가 되묻자, 선생님은 어깨를 덜덜 떨면
서 굳은 목소리로 중얼거렸다.

☆　☆　☆

"……인 게, 뭐……?"

마키리 선생님의 힘없는 중얼거림이, 끊길 듯 끊길 듯
귓가에 닿았다.

"죄송해요, 지금 뭔가 말씀하셨나요?"

내 질문에, 마키리 선생님은 뺨이 달아올라 새빨갛게 변
했다.

그리고 글썽거리는 눈동자로 나를 바라보았다.

선생님은 멍한 표정으로 붉은색이 선명한 입술을 크게 벌리더니——.

"그러니까! 처녀인 게, 뭐 그리 나쁘다는 거냐고오 옷!!!?!?!"

"딱히, 나쁘다는 생각은 안 하는데요…….."

☆　☆　☆

상상을 초월한 마키리 선생님의 커밍아웃을 듣고, 나는 어이없다는 듯이 그렇게만 말했다.
"……갈래애."
그리고 내 반응을 본 마키리 선생님은 언짢은 듯이 그렇게 말했다.
나도 엄청나게 혼란스럽기는 했지만, 확실히 신속하게 귀가하셔야 하는 건 맞다.
"집은 근처인가요? 바래다드릴게요."
나는 마키리 선생님의 상태가 불안해 그렇게 물었다.
'응……'하고 고개를 끄덕이더니 마키리 선생님은 대답했다.

그리고 몸을 일으키더니…….

"아얏."

자세가 무너져 쓰러질 뻔했다.

나는 곧바로 그녀를 껴안았다.

그리고 가냘프고 군살이 없으면서도, 부드럽고 여성스러운 몸에 나는 얼굴이 뜨거워지는 걸 느꼈다.

그리고 알코올 냄새에 섞인, 마키리 선생님의 달콤한 향기.

나는 창피함을 억지로 떨쳐낸 후에 선생님에게 말을 걸었다.

"괜찮으신가요?"

"……다리, 아파."

고개를 옆으로 돌리고서 힘없이 대답하는 마키리 선생님.

방금 넘어지면서 삔 모양이다.

"어깨, 빌려드릴게요. 힘내세요."

내가 말하자 마키리 선생님은 한심한 목소리로 말했다.

"아파……, 그래서 걷기 싫어……. 업어줘."

어린애처럼 애교떠는 목소리로 나에게 조르는 마키리 선생님.

'걸으셔야죠'라고만 말해주고 싶었지만, 지금의 마키리 선생님은 완전히 취한 데다 다치기까지 하셨다.

제대로 걸을 수 있을 리가 없겠지.

"주소가 어떻게 되시나요?"

내가 묻자 마키리 선생님은 중얼거리며 주소를 말했다.

……가깝네, 우리 집에서 걸어갈 수 있는 거리다.

"거기까지 데려다 드릴 테니까, 꽉 잡고 계세요."

그렇게만 말하고 나는 마키리 선생님을 안아들었다.

……가볍네.

"…………?! 업어주는 게 아니라?!"

내 품 안에서 허둥거리면서 얼굴이 새빨개지는 마키리 선생님.

꼭 취해서 그러는 게 아니라 화를 내는 건지도 모른다.

마키리 선생님은 엄청나게 취했으니, 언제 토해도 이상하지 않을 거라고 생각했다.

……업고 걷다가 내 등에 토하면 곤란하다. 나는 그렇게 생각하고 상태를 확인하기 쉬운 이 운반법을 골랐다.

나는 그녀의 말을 무시하고 걷기 시작했다.

처음에는 제대로 움직이지도 않는 혀로 계속 항의했지만, 몇 분도 지나지 않아 조용해졌다.

확인해 보니 그녀는 내 가슴에 이마를 대고 표정은 어딘지 괴로워 보였지만 아무튼 잠들어 있었다.

남이 어떤 배려를 하는지도 모르고, 뭘 속 편하게 잠이나 자고 있는 거야, 이 주정뱅이가…….

교사든 학생이든, 그런 건 상관없다.

반드시 마키리 선생님한테 설교를 해주겠어, 라고 마음 속 깊이 맹세했다.

그리고——.

나 이러다가 경찰한테 조사받는 신세가 되는 건 아닐까?

내심 그런 불안감에 시달리며 그녀의 자택으로 향하는 것이었다.

☆　☆　☆

마키리 선생님이 말해준 주소에는 맨션이 있었다.

잠든 선생님에게 말을 걸어 로비의 오토록을 열고, 카드 키를 빌려 집이 몇 호인지 확인했다.

그리고 엘리베이터를 탔다. 다른 사람이 없어서 나는 조금 안심했다.

방 번호를 찾아 카드키로 열고, 안에 들어갔다.

전등을 켜자 깔끔하게 정돈된 방이 눈에 들어왔다.

구조는 방 하나에 부엌, 안쪽 방에 들어가자 침대가 바로 눈에 들어왔다. ⋯⋯베갯머리에는 귀여운 캐릭터 인형 하나가 놓여 있었다.

의외로 귀여운 걸 좋아하시네⋯⋯.

그런 생각을 하면서 나는 팔 안에서 쌔근거리는 선생님

을 무사히 침대에 눕혔다.

……힘든 일을 끝내고 안도의 한숨을 내쉰 것도 잠깐.

나는 마키리 선생님에게 팔을 잡혀 침대에 엎어졌다.

러닝하느라 힘들었던 데다가 방심하기도 한 탓에, 부끄럽게도 그 자리에서 버틸 수가 없었다.

바로 내 옆에는 마키리 선생님이 있다. 대체 무슨 생각일까?

"뭘 하시는 거죠?"

내가 그렇게 항의하자…….

"으, 응……. 조니……."

마키리 선생님이 요염한 숨소리를 내면서, 사람 이름(?)을 중얼거렸다. 조니가 누구야? 라고 생각하다 보니 그녀는 다시금 입을 열었다.

"왜 이렇게, 평소보다 거칠거칠하지…."

그 잠꼬대에, 혹시나 하고 생각했다.

나는 그녀의 손에서 벗어나, 그 대신 베갯머리에 있던 인형을 그녀에게 주었다. 그러자…….

"조니이……."

따뜻한 목소리로 기쁜 듯이 말하면서, 그녀는 인형을 안고 잠들었다.

……평소의 엄한 마키리 선생님의 이미지로는 상상도 되지 않지만, 의외로 어린애 같은 면이 있으신 듯했다.

나는 그녀가 잠들었다는 데에 안심한 후에 그 모습을 보았다. 오늘은 의외의 면모를 잔뜩 보았지만……. 그래도 역시 미인이다, 라고 생각했다.

그런 사람과 같은 침대 위에 있다는 걸 새삼 깨닫고……, 갑자기 얼굴이 뜨거워졌다.

이 이상 옆에 있으면 안 된다. ……나는 그렇게 생각하고 몸을 일으켰다.

발밑에 있던 여름이불을 덮어드리고 방 조명을 껐다.

그리고 카드키를 다시 한 번 집었다.

방에서 나와, 밖에서 문을 잠그고 우편함에 넣어두면 되겠지.

나는 그렇게 생각하고 밖으로 나가려 했지만…….

마키리 선생님, 괜찮은 걸까?

나는 갑자기, 그리고 엄청나게 걱정이 되었다.

구급차를 부를 만큼 긴급하지도 위험하지도 않을 것 같지만, 그렇다고 이대로 방에 혼자 방치해도 되는 걸까?

자다가 토사물이 목을 막아 질식사…… 라는 가능성도 아주 없지는 않을 텐데.

거기까지 생각하고…… 나는 결심을 굳혔다.

기왕 이렇게 되었으니 끝까지 케어해야겠다. 나는 그런 생각을 하고 선생님이 주무시는 방으로 돌아갔다.

☆　☆　☆

어두운 방에서, 몇 시간이 지났다.

이미 커튼 틈으로 약하기는 해도 아침 햇살이 들어오고 있었다.

나는 꾸벅꾸벅 졸면서 선생님에게 이변이 생긴다면 곧바로 대응할 수 있도록 대비하고 있었는데…….

"으, 끄으응~……."

그런 목소리가 들린 후에 마키리 선생님이 천천히 일어섰다.

아무래도 무사한 듯했다.

"으으……, 너무 마셨어……. 머리가 아파……."

선생님은 괴로운 표정으로 침대 위에서 중얼거리며 몸을 일으키려 했다.

"……어?"

그리고 방 한구석에 있는 나를 보고 경악한 표정으로 중얼거렸다.

"안녕하세요. 좋은 아침이에요, 마키리 선생님."

그런 마키리 선생님에게, 나는 상쾌한 아침 인사를 했다.

내 인사를 들은 선생님은 얼굴이 굳은 데다, 어딘지 겁먹은 듯한 표정을 지었다.

……졸려서 거기까진 생각이 미치지 못했지만, 만약 마키리 선생님이 취했을 때의 일을 기억하지 못한다면.

눈을 뜨고 보니, 갑자기 험악한 얼굴의 남학생이 무단으로 들어와 있다는 게 된다.

연약한 여성이라면 엄청난 공포감을 느끼겠지.

……아니, 남녀 상관없이 공포를 느낄 만한 일이다.

즉, 위험하다. 나 혹시, 이대로 경찰에 끌려가게 되는 걸까? 피로와 당황스러움과 잠기운으로, 나는 정상적인 판단력을 잃었던 것 같다……!

"토, 토모키 군?……!! 으음…… 꿈, 인가?"

"……꿈이라면 좋겠네요."

내가 체념을 품은 쓴웃음을 짓고 있으려니, 마키리 선생님은 굳은 표정으로 웃었다.

어떻게 될지 알 수 없어, 나는 잠시 그녀를 지켜보는 수밖에 없었다.

무슨 영문인지 모르겠다며 처음에는 동요했지만, 내 얼굴과 자신이 입은 옷을 번갈아 보더니 퍼뜩 놀란 표정을 지었다. 그리고 순식간에 얼굴이 새빨개지더니 여름이불로 덮어 가렸다.

……혹시, 떠올려 주신 걸까?

그걸 기대하고 있자니, 선생님은 여름이불을 홱 걷고는 천천히 몸을 일으켰다.

그리고 눈물을 그렁거리면서 수치심이 드러나는 표정으로,

"민폐를 끼쳐서, 정말 미안해……!"

그녀는 정중한 말투로 머리를 숙이며 사과했다.

마키리 선생님은 제대로 기억하고 있는 듯했다. 그녀로서는 죽을 만치 후회되는 일이 기억에 남아 있어 괴로울지도 모르지만, 나로서는 누명을 쓸 가능성이 사라져서 다행이란 생각만 들었다. 상황을 보니 체포당할 걱정은 안 해도 될 것 같다.

"그러게요. 상당한 민폐였지요."

내가 마키리 선생님의 사과에 차가운 목소리로 대답하자,

"……이렇게 민폐를 끼쳐서 정말로 미안해. 그리고 부모님께도 걱정을 끼쳤을 테니 내 쪽에서 사과하게 해주겠니?"

라고 말했다.

"저를 걱정할 사람도 아니니까, 그건 괜찮아요."

내 말에 앗 하고 놀라는 마키리 선생님.

미안하다는 표정을 짓고는 있지만, 무슨 말을 해야 할지 찾지 못하는 것이리라.

나는 한 차례 한숨을 내쉰 후에 신경 쓰이던 일을 물었다.

"교사라는 직업은 힘들 것 같으니까 술로 스트레스를 해소하는 건 이해하지만……. 선생님은 매번 그렇게 될 때까지 술을 드시나요?"

"아니, 이렇게 취한 건 이번이 처음이야…….."

새빨개진 얼굴로, 그녀는 시선을 피하며 대답했다.

"……그건, 혹시. 아버님과 말다툼하셨다는 거랑 관계가 있나요?"

선생님을 돌보는 건 의외로 고생스러운 일이었기에 제대로 설교할 생각이기는 하지만, 사정도 모르는 채 무턱대고 뭐라고만 하고 싶지는 않다.

내 질문에 선생님은 입가를 꾹 다물고 어깨를 떨었다.

대답하고 싶지 않은 걸까? 그렇게 생각하고 있자니, 그녀는 눈가에 눈물을 그렁거리면서,

"내, 내가…… 처녀라고, 어제 말한 건 기억하고 있지?!"

라고, 비난이 섞인 눈빛을 나에게 보내며 물었다.

멀쩡한 상태의 마키리 선생님에게 다시금 그런 말을 들으니, 너무 창피한 커밍아웃이다.

나는 가만히 그녀에게서 시선을 피하며 대답했다.

"아, 네."

"……스스로 말하려니 부끄럽지만, 나는 완전히 온실 속 화초처럼 자랐거든. 중학교부터 대학교까지 사립 여학교에 다녀서……, 남자랑 접할 기회 같은 건 거의 없었으니까."

"아, 네에…….."

"……이제까지 교제 경험이 전혀 없고, 이성에 대한 면역도 거의 없는 나를 걱정하셨나 봐. 아버지가 요즘 결혼 이야기만 해. 평생 독신인 사람도 많아졌으니까, 이대로 가다간 나도 그렇게 되어서 손자손녀 얼굴도 못 보게 될지 모른다고 초조해지기라도 한 거겠지. ……그리고 내가 나쁜 남자한테 넘어갈지 모른다는 게 걱정이었을 수도 있고."

불만스러운 표정이던 마키리 선생님은, 그러더니 자조하는 표정으로 말했다.

"나는 그런 게 싫어서, 말다툼을 해 버렸는데. 그 스트레스 때문에 술에 의지해 버린 거야…….."

"그, 그런 거였군요. ……그런데 그거랑 처녀가 무슨 상관이죠?"

내 성희롱에 가까운 질문에 대해, 마키리 선생님은 얼굴을 새빨갛게 물들이며,

"……미안해, 그건 내가 멋대로 콤플렉스로 갖고 있을 뿐이고, 남이 뭐라고 했던 건 아니야."

설마 했는데, 단순한 자폭이었던 모양이다.

"……술기운이 다 빠지지 않으셨나 보네요."

나는 따뜻한 눈빛으로 마키리 선생님을 지켜보기로 했다.

아무튼 선생님이 왜 그렇게까지 취했는지, 사정은 알았다.

아무리 교사라지만 마키리 선생님도 한 명의 인간이다.

고민도 있고 술에 취하고 싶은 밤도 있을 것이다.

이제까지 신세만 졌으니까, 가능한 일이라면 그녀의 힘이 되고 싶다.

"사정은 알았어요. 일단…… 잠깐 정좌하고 앉아 주실래요?"

……그렇게 생각은 하지만, 그래도 나는 뭐라도 되는 양 설교하기로 했다.

마키리 선생님은 눈을 동그랗게 떴지만, 내 표정을 보고 '응……'하고 순순한 대도로 고개를 끄덕이고 바른 자세로 정좌했다.

"저는 지금, 화내고 있어요."

"……그럴 만도 해."

"그럼 제 말을 제대로 들어 주세요."

끄덕, 하고 고개를 움직이는 마키리 선생님.

나는 일단 심호흡을 한 후에, 시선을 내리깐 마키리 선생님을 똑바로 바라보고 입을 열었다.

"선생님 같은 미인이 그런 식으로 공원에 널브러져 있다간, 무슨 짓을 당할지 알 수가 없다고요. 자칫하면 그야말로 나쁜 남자한테 뭔가를 당했을지도 몰라요!"

마키리 선생님은 내 말을 듣고 얼굴이 새빨개졌다.

이쯤 되면 확실한 성희롱이다. 존경하는 마키리 선생님한테 경멸당할지도 모른다, 라는 생각도 했지만…… 나는 그대로 말을 계속했다.

"여러가지 문제로 스트레스가 쌓여서 술로 도피하는 건 어쩔 수 없는 부분도 있겠죠. 하지만 그런 상태가 될 때까지 마시지 말고, 택시를 타거나 신뢰할 수 있는 사람한테 데려다 달라고 하세요."

마키리 선생님은 얼굴을 들고 내 표정을 살폈다.

"저는 선생님께 많은 도움을 받았어요. 선생님을 엄청나게 존경한다고요. 그러니까 저는 선생님이 슬퍼하실 만한 일이 생기는 건, 싫어요."

다시 심호흡을 하고, 나는 말을 이어갔다.

"그러니까. 고민이 있거나 스트레스가 쌓였을 때는……, 저한테 상담해 주세요. 불평 정도는 얼마든지 들어 드릴 테니까요."

"응. ……어? 불평을 들어 준다고?"

"네, 그래요."

내가 그렇게 대답하자……. 놀랍게도 마키리 선생님은 부드러운 웃음을 지었다.

"……왜 웃으시는 건가요."

내 진지한 설교를 듣고 아무렇지 않게 웃는 마키리 선생님에게, 목소리를 내리깔고 물었다.

"아, 미안해. 하지만 우습게 생각하는 건 아니야. 그저……, 어느 쪽이 선생이고 어느 쪽이 학생인지 헷갈린다고 생각했을 뿐이거든?"

재미있다는 듯이 웃는 마키리 선생님을 보고, 나는 독기가 빠져버렸다.

언제나 늠름하고 멋지고, 예쁜 마키리 선생님이……, 뭐라고 할까.

너무나 귀엽게 보였다.

"고마워, 토모키 군. 걱정해 줘서. 그리고 이런 구제불능 선생님을 존경해 줘서 기뻐. 나는 행복한 사람이구나."

그렇게 말한 마키리 선생님.

……역시 창피하다.

할 말도 다 했고, 이젠 너무 피곤하고 졸리다.

"……그럼, 저는 이만 갈게요."

나는 그렇게 말하고 현관으로 향했다.

그러자 마키리 선생님도 일어나 나에게 말했다.

"바래다줄게."

"여기서 10분 거리인데요. 충분히 걸어서 돌아갈 수 있으니까 괜찮아요."

"……그래? 그렇게 가까운 곳에서 살고 있었구나."

놀라는 마키리 선생님을 돌아보지 않고, 나는 현관에서 러닝슈즈를 손에 들었다.

"……아, 맞다. 연락처를 물어봐도 괜찮을까?"

신발을 다 신은 나에게 마키리 선생님은 말했다.

"네?"

"어째서 그런 멍한 표정을 짓는 거야? 연락처를 모르면 상담을 할 수 없잖니?"

장난스럽게 마키리 선생님은 말했다.

설마, 정말로 나를 의지할 마음이 있었을 줄이야.

나는 기뻐져서, 선생님께 내 전화번호를 말씀드렸다.

마키리 선생님은 그 번호를 스마트폰에 입력하더니 부드럽게 웃으셨다.

그건 선생님이 학교에서 보여주는 연상 여성의 인자한 웃음과는 달라서, 어느 쪽인가 하면…….

동년배 여자아이 같은, 어딘지 귀염성이 있는 웃음이었다.

"그럼, 내가 푸념을 들어줄 상대가 필요할 때는, 잘 부탁해. ……토모키 선생님?"

마키리 선생님은 손에 든 스마트폰을 기울이며 나에게 말했다.

"뭔가요, 그 선생님은……. 뭐, 그래도 저로 만족하신다면, 언제든지요."

나는 창피함을 참으며 그렇게 대답하고, 마키리 선생님 댁에서 나왔다.

7
초대

 마키리 선생님이 커밍아웃한 중대한 비밀을 들을 날로부터, 다음 주가 되어 며칠이 지났다.

 오늘은 1학기 종업식이었다.

 다들 내일부터 시작될 여름방학을 생각하며 들떠 있었지만, 나는 꼭 그렇지만은 않았다.

 마키리 선생님이 맡은 수업이 없었다는 점도 있어서 아직 학교에서는 얼굴을 마주친 적이 없는데, 과연 그때는 어떤 표정을 지어야 할까?

 ……아니, 굳이 긴장할 필요는 없다, 평소와 똑같이 행동하면 될 것이다.

 그렇다고 해도 정면에서 맞닥뜨리는 건 피하고 싶다, 라고 생각할 만큼 신중해진 나는, 종업식을 하려고 체육관으로 향하는 길에도 주위를 경계하며 가고 있었다.

 "우와, 토모키가 죽일 기세로 여기저기를 노려보며 걷고 있어……."

 "여름방학 동안에도 내 공포를 잊지 마라, 라고 말하는 것 같아."

"……야, 너무 쳐다보지 마. 그러다 시비 걸면 어쩌려고."

그러다 보니 복도를 걷는 학생들이 다들 거리를 두는 바람에 눈에 더 띄어, 경계는 오히려 역효과일지도 모르겠다……, 라고 혼자서 서글픔을 느끼고 있을 때,

"앗, 토모키 선배!"

후배 카이가 말을 걸었다.

"오."

내가 대답하자 카이는 기쁜 표정을 지었다.

"토모키 선배, 여름방학 때 일정이 있으신가요?"

"응? 아아, 하나 있긴 한데, 학생회 합숙이라고 들어봤어?"

"아뇨. 학생회에서 합숙을 하나요?"

"그런 모양이야. ……나는 일반학생 대표로 거기에 동행할 예정이다."

내 말에 카이는 감탄한 표정으로 대답했다.

"선배는 언제나 학생회 일을 도우시니까요."

"딱히 할 일도 없거든."

내가 그렇게 대답하자,

"무슨 말씀이세요. 토우카랑 데이트하는 걸 참아가면서까지 하시면서."

카이는 쓴웃음을 지으며 말했다. ……내 말실수다.

"아, 아아. 이래저래 토우카도 같이 도와주거든. 토우카도 학생회 합숙에 참가할 예정이고 말야."

"아아, 그랬군요~. 토우카뿐만 아니라 가끔은 저랑도 놀아 주세요~."

"그, 그래! 물론이지!"

카이는 별 생각 없이 말했겠지만……, 그 말을 들은 나는 기분이 고양되었다.

남자 후배에게 이렇게까지 존경을 받아본 적이 이제까지 한 번도 없었기 때문이다.

"그럼, 온천 같은 데는 안 가시나요? 가끔 부활동하는 친구들이랑 같이 가는 숨겨진 스팟이 있거든요!"

"호오, 온천이라. 그거 좋네."

온천이라니 꽤 운치가 있는 선택이라고 생각했지만, 커다란 욕탕은 나도 좋아한다. 카이의 권유에 나는 고개를 끄덕였다.

"정말인가요! 그럼 나중에 또 연락드릴 테니, 잘 부탁드립니다!"

카이는 활짝 웃으며 흥분한 표정으로 말했다. 이렇게까지 기뻐해 준다니……, 이 선배는 여한이 없구나.

"그래, 가고 싶을 때 말해 줘. ……그럼 체육관에 도착했으니. 나중에 보자."

어느새 체육관에 도착하는 바람에, 카이에게 그렇게 말하고 체육관에 들어갔다.

"넵, 물론이죠."

등 뒤에서 카이의 말이 들리고, 기뻐하면서 '아싸!'라고 외치는 목소리도 들린 듯했지만……. 역시 나와 여름방학에 만날 예정이 생긴 것만으로 저렇게 기뻐할 리가 없으니, 아마 착각이겠지.

☆　☆　☆

종업식이 끝나고 평소보다 빠른 방과 후가 찾아왔다.

자기 자리에서 돌아갈 채비를 하고 있자니,

"선배~. 오늘도 같이 돌아가요-!"

토우카가 복도에서 나에게 말을 걸었다.

토우카의 목소리가 들리자 같은 반 학생들은 일제히 나를 돌아보았다.

그리고 내가 어이없다는 듯이 시선을 보내자, 겁에 질린 표정으로 얼굴을 돌렸다.

……벌써 한 학기가 다 끝났는데, 아직도 이 뻔한 개그를 계속 반복하고 있다.

원패턴도 이쯤 되면 지겹다고.

제발 좀, 2학기 때는 좀 더 재미있는 반응을 기대할 테니까…… 라고 나는 탄식하면서 자리에서 일어나, 토우카와 합류했다.

그때,

"얘들아, 미안한데 학생회 합숙 자료가 나왔거든. 방과 후에 학생회실로 와줄 수 있을까?"

이번에는 다가온 이케가 그렇게 말했다.

"그래, 갈게."

내 대답에,

"선배가 간다면 나도 갈래♡"

토우카도 흔쾌히 대답했다.

이케는 어이없어할 줄 알았는데, 흐뭇한 표정으로 토우카를 바라보고 있었다.

"고마워. 그럼 가자."

이케의 뒤를 따라, 나와 토우카는 학생회실로 향했다.

그리고 학생회실로 들어가자 거기에는 먼저 온 손님이 있었다.

"고생 많으셨어요, 회장님. 그리고 이케 양이랑…… 토모키 군이네요."

우아한 몸짓으로 뺨에 손을 가져다대며, 학생회 부회장인 타츠미야 오토메가 말했다.

참고로 타나카 선배와 스즈키는 아직 오지 않은 듯했다.

"일찍 왔네, 타츠미야."

"네. HR이 금방 끝났거든요."

이케의 말에 타츠미야는 빙긋 웃었다.

그런 타츠미야에게 나도 인사로 대답했다.

"안녕. 그러고 보니 학생회라고 했지."

"그래요. 또 만났군요."

내 말에, 타츠미야는 미스테리어스한 웃음을 지으며 대답했다.

그 대화를 보고, 토우카는 발끈한 표정을 지었다.

"저기, 선배. 이 사람은 누구인가요? 그보다 저를 어떻게 아는 거죠?"

묘하게 목소리에 가시가 돋쳐 있었다.

자기만 따돌림 당한 기분이 들어서 기분이 상했는지도 모른다.

"미안해요, 이케 양. 인사가 늦었네요. 저는 학생회 부회장인 2학년 타츠미야 오토메라고 해요. 이케 양에 관해서는 회장님한테서 가끔 이야기를 들었거든요. 앞으로 잘 부탁드려요."

"아, 부회장님이셨나요~. 잘 부탁드려요~."

언제나 대외용으로 보여주는 웃는 얼굴보다 조금 더 딱딱한 표정으로 인사하는 토우카.

타츠미야는 그런 토우카의 손을 꽉 잡고서.

"네, 잘 부탁해요. 그럼 갑작스럽지만 '토우카 양'이라고. 이름으로 불러도 괜찮을까요?"

토우카를 뜨겁게 바라보며 타츠미야는 말했다.

"네? 그…… 그거야 딱히 상관없는데요?"

"고마워요, 토우카 양. 그러면 저도 꼭 '오토메'라고 불러 주세요."

의외로 질색하는 토우카에게 속전속결로 이야기를 진행하는 타츠미야.

도움을 요청하듯 토우카는 내 쪽으로 시선을 향했다.

……타츠미야는 이케에게 반해 있다.

그 때문에 이케의 여동생인 토우가하고도 적극적으로 친해지려는 건지 모른다.

나는 곤혹스러워하는 토우카에게, 힘주어 고개를 끄덕였다.

으엥?! ……이라는 소리가 튀어나올 것 같은 토우카였지만,

"그럼, ……오토메쨩?"

결국 자신감 없는 목소리로 말했다.

그러자 그녀의 손을 잡은 타츠미야가 당장이라도 승천할 듯한 행복한 웃음을 지으면서,

"네에에♡ ……앞으로도 꼭, 잘 부탁드려요. 토우카 양!"

들뜬 목소리로 말했다.

토우카는 감정이 전혀 담기지 않은 '아, 네⋯⋯'라는 말만 하고 타츠미야의 손을 놓았다.

'앗⋯⋯'이라고 진심으로 아쉬워하는 게 표정에 드러나는 타츠미야.

이 녀석, 이케뿐 아니라 토우카까지도 너무 좋아하는데⋯⋯.

그 대화가 마무리되자 이케는 나와 토우카에게 말을 걸었다.

"이게 올해 학생회 합숙 자료야. 이 자료를 읽어보고 궁금한 게 있으면, 메시지든 뭐든 상관없으니 편하게 물어봐 줘."

나와 토우카는 그 수 페이지짜리 자료를 받아 가볍게 흘려 읽었다.

"알았어. 그럴 만한 게 생기면 물어볼게."

내가 말하자 토우카가 이쪽을 보고서 말했다.

"선배. 그럼 이만 갈까요~?"

"그러자."

나는 그 말에 고개를 끄덕이고 이케와 타츠미야를 향해서 말했다.

"그럼 우리는 이만 간다."

"실례했습니다~."

이어서 토우카도 말했다.

"갈 때 조심하고."

"벌써 가시나요? ……그럼, 나중에 또 뵙죠."

이케가 인사하자, 타츠미야는 아쉬운 표정으로 토우카를 바라보며 말했다.

타츠미야의 시선을 신경 쓰지 않도록 애쓰면서 나와 토우카가 학생회실에서 나가려고 문을 열었을 때…….

"어, 어머나, 토모키 군……. 그리고 이케 양."

학생회실에 들어오는 마키리 선생님과 맞닥뜨렸다.

나와 마키리 선생님은 잠깐 시선이 마주쳐, 곧바로 눈을 돌렸다.

……역시, 어색한 기분이었다.

"아, 마키리 선생님. 수고하셨습니다~."

토우카는 그런 나와 마키리 선생님의 분위기를 깨닫지 못하고 말을 이었다.

"그러고 보니, 학생회 합숙은 선생님이 인솔하시죠?"

"맞아. 고문 선생님이 바쁘셔서 보좌인 내가 인솔하게 되었거든."

토우카의 질문에 마키리 선생님이 대답했다.

"잘 부탁드려요~."

"그래."

마키리 선생님은 그렇게 한 마디 중얼거린 후에, 떠올린 듯이 말했다.

"아, 맞다. 토모키 군, 이케 군한테서 들었겠지만 아직 보호자 동의서 제출 안 했지? 혹시 오늘은 가지고 왔니?"

갑자기 이름을 부르기에 나는 깜짝 놀랐다.

하지만 사무적인 이야기다. 나는 고개를 끄덕이고 가방에서 서명 날인이 찍힌 보호자 동의서를 꺼내어 내밀었다.

"늦어서 죄송합니다."

"딱히 기한이 있는 건 아니니까, 사과할 필요는 없어."

마키리 선생님은 쓴웃음을 지으면서 그렇게 말씀하시고, 받아든 보호자 동의서를 훑어보았다.

"그럼 저랑 토우카는 가보겠습니다."

토우카에게 눈짓하자, '먼저 가보겠습니다아'라고 그녀도 밝게 인사했다.

"그래, 하굣길 조심하렴."

마키리 선생님은 평소처럼 의젓하고 멋있는 어른으로서 웃으며 그렇게 말씀하셨다.

나와 토우카는 고개를 숙인 후에 학생회실에서 나왔다.

☆　☆　☆

그리고 역까지 가는 길에.

아까의 대화를 떠올리고, 이러니저러니 해도 마키리 선

생님은 어른이라고 생각했다.

역시 처음에는 조금 창피한 마음도 있었겠지만, 결국은 평소와 똑같이 대응하셨다.

나도 저런 면은 배워야겠네, 라고 생각하고 있자니,

"선배, 그러고 보니까 아버님이랑 합숙 얘기는 잘 되셨나 보네요."

옆에서 걷던 토우카가 그렇게 물었다.

"어, 아, 아아. ……으응."

그 화제는 최대한 안 나왔으면 좋겠다고 생각했기에, 나는 말을 흐렸지만…….

"……앗, 선배. 혹시 동의서에 선배가 서명하셨나요?"

"……뭐, 그렇지."

곧바로 들켰다.

"화해, 못 하셨나 보네요?"

"……아예 말조차 걸지 않았어. 토우카가 그렇게 응원해 주었는데, 한심하지."

내가 말하자 토우카는 고개를 가로저었다.

"망할 오빠랑 그렇게나 오래 사이가 안 좋았던 제가 선배를 한심하다고 생각할 리가 없잖아요. ……아, 딱히 그렇다고 해서 지금은 사이가 좋다는 뜻은 아니지만요?!"

"그랬구나."

필사적인 표정의 토우카가 조금 재미있어서, 저도 모르

게 웃음이 새어나왔다.

"이런 건 너무 초조하게 결과를 내려는 것도 좋지 않다고 생각하니까요."

그렇게 말한 후에 '아, 하지만……'이라고 중얼거리고, 나에게 척 손가락질을 했다.

"저는 말이죠, 마키리 선생님한테 발각당해서 선배가 같이 가지 못하게 되는 상황은 싫거든요?"

"그렇게 된다면……, 미안해."

내가 고개를 숙이자, 토우카는 씨익 웃고 손가락을 흔들면서,

"이런 때는 '만약 가지 못한다면, 내가 예약한 고급 스위트룸에서 함께 밤을 보내자'라고 대담하고 남자답게 저를 꼬드기는 게 기본이거든요?"

"……1박까진 아니어도, 여름방학이니까 조금은 멀리 놀러가도 될 것 같기는 해. 토우카가 괜찮을 때의 이야기지만."

내 말에, 도발하듯 히죽거리며 웃던 토우카가 이번에는 의기양양한 얼굴로 말했다.

"1박을 안 한다는 건 감점 요인이지만, 선배가 데이트를 하자고 말씀해 주신 건 정말로 기뻐요."

그러더니 까치발을 들고 잘했다면서 내 머리를 쓰다듬었다.

"……이 손은 뭐야?"

내 질문에 토우카는 우후훗, 하고 웃으며 대답했다.

"저한테 데이트하자고 말해주신 상이에요. 기쁘니까요 ~?"

낯간지러운 기분에다 내 캐릭터하고도 안 맞으니 솔직히 이런 건 사양하고 싶었지만, 지금은 고맙게 받아들이기로 했다.

토우카가 즐거워하는 표정을 보니, 올해 여름은 즐거워질지도 모르겠다……라는 생각이 들었다.

8
만점

귀에 매미 울음소리가 닿아, 냉방이 되는 쾌적한 방 안에 있어도 지금이 여름이라는 실감이 든다.

드디어 오늘부터, 여름방학이 시작되었다.

……라고는 해도 별다른 예정은 없다.

평소의 휴일처럼 만화나 라노벨을 읽거나 공부를 하거나, 몸을 단련하거나 유튜브를 본다. 할 일은 그 정도다. ……의외로 할 일이 부족하진 않구나.

라고 생각하고 있자니.

책상 위에 놓여 있던 스마트폰이 진동해 착신을 알렸다. 나는 그것을 들어 통지화면을 확인했다.

보낸 사람은 이케였다. 내용을 보니,

[오늘 한가하면 놀러 가지 않을래?]

라고 쓰여 있었다. ……고마운 제안이다.

나는 당연히 한가하기에 그런 생각을 하며 곧바로 답장을 보냈다.

[물론 좋지.]

답장을 보내자 이케에게서 곧바로 반응이 왔다.

[그러면 밥 먹고 나서 14시에 역 짭치공 앞에서 집합하자.]

짭치공이란 이 지역 학생들이 자주 다니는 번화가 근처역에 있는, 하치공 동상의 짝퉁 티가 풀풀 나는 동상이다.

이 동네 사람들한테는 나름 유명한 약속장소다.

[오케이.]

이케에게 대답한다.

아직 약속시간까지는 좀 남았다. 마침 날씨도 좋으니 밖에서 러닝이라도 하자.

☆　☆　☆

가볍게 달리기를 끝내고, 샤워를 하고 내 방으로 돌아왔다.

그리고 스마트폰을 보니 메시지가 두 개 정도 와 있었다.

[선배, 오늘 한가하시죠? 우리 데이트해요~♡]

나를 한가하다고 단정한 사람은 토우카였다.

권유해준 건 정말로 고맙지만, 공교롭게도 선약이 있다.

[이케랑 먼저 약속을 잡았거든. 그래도 괜찮다면 14시에 짭치공 앞에서 보자.]

이케도 토우카와 외출하는 게 싫다고는 하지 않겠지.

그렇게 생각하고 토우카에게 말해본 것이다. 그리고 다음 메시지를 보았다.

[한동안 만나기 힘들겠다는 소리를 한 지 얼마 되지도 않았지만……. 오늘 연습은 오전에 끝나니까 오후에 괜찮으면 나랑 놀아주면 좋겠어!]

카나가 보낸 메시지였다. 이렇게 권유해 주니 고맙다.

그렇게 생각하고, 나는 토우카에게 보낸 메시지를 복붙해서 보냈다.

[이케랑 먼저 약속을 잡았거든. 그래도 괜찮다면 14시에 짬치공 앞에서 보자.]

그리고 금세 스마트폰이 진동하더니 토우카에게서 메시지가 왔다.

[둘이서만 보는 게 좋은데!]

라는 메시지 다음에 신경 거슬리는 디자인의 캐릭터가 화내는 스탬프가 날아오고,

[……라고 제멋대로인 소리를 해도 어쩔 수 없으니, 딱히 상관없지만요!]

라는 메시지 다음에는 우쭐한 표정을 한 캐릭터가 두 팔로 크게 동그라미 모양을 만드는 스탬프가 날아왔다.

[그럼, 잘 부탁해.]

나는 토우카의 메시지에 그렇게만 대답했다.

카나는 토우카보다 한참 후에나 답장을 주었다.

정오를 지나서야 연락한 걸 보니, 이제까지 테니스 연습을 하고 있었던 것 같다.

[하루마도? 나는 유우지 군이랑 둘이서만 러브러브하고 싶었는데?]

토우카와 마찬가지로 신경 거슬리는 디자인의 캐릭터의 울상 스탬프를 보내는 카나. 이게 요즘 유행인가……?

그리고 얼마 후에,

[……하지만, 어쩔 수 없네. 둘이서만 러브러브하는 건 다음 기회로 아껴둘게!]

라는 대답이 돌아왔다.

[둘만 있어도 어차피 러브러브하진 않잖아. 아무튼 잘 부탁해.]

나는 카나에게 대답한 후에,

"이케한테 말해둬야겠네."

그렇게 생각하고 그에게도 메시지를 보냈다.

이케한테서는 곧바로 답장이 왔다.

[카나랑 토우카가 갑자기 매도를 퍼붓길래 뭔가 했더니, 그게 이유였구나…….]

라는 애수에 찬 문장을 보고, 나는 어째서인지 너무나 미안한 기분이 들었다.

☆　☆　☆

약속장소에 가보니 사람이 그렇게 많은데도 금세 알아볼 수 있었다.

"저기, 너 혼자야?"

"엄청 잘생겼다~. 누나들이랑 좋은 거 하지 않을래?"

……여대생으로 보이는 화려한 육식계 여자 둘에게 역헌팅당하고 있는, 상쾌한 미남 이케를.

"죄송해요, 사람을 기다리고 있거든요."

"어~, 혹시 여친?"

"아뇨, 친구예요."

"그럼 그 친구도 같이 놀면 되잖아?"

꽤 끈덕진 상대인 것 같다.

이케가 정중하게 거절해도 둘은 전혀 물러서려 하지 않았다.

나는 애매하게 웃으며 거절을 반복하는 이케에게 다가가 말을 걸었다.

"기다리게 해서 미안하다."

내 말에 이케가 안심한 표정으로 돌아보았다.

"오오, 왔냐. 유우지."

내 등장에 안심한 이케와는 반대로, 두 여자는 내 얼굴을 보고 공포에 질린 표정을 지었다.

"아아……, 역시 모처럼 친구랑 노는데 방해하는 건 좀 그렇겠다."

"이건 우리 라인 아이디니까, 나중에 꼭 연락 줘!"

아까까지 열심히 이케를 헌팅하던 둘은 자기 라인 아이디가 적힌 메모지를 재빨리 이케의 손에 쥐여 주고, 내 얼굴을 제대로 쳐다보지도 않고 서둘러 도망쳤다.

그녀들의 뒷모습이 보이지 않게 된 후에야, 이케는 곤혹스러운 표정으로 말했다.

"고맙다, 유우지. 아무래도 영 저런 건 불편하거든."

연상의 누님한테 역헌팅 당해놓고 나오는 말이 이거라니.

아사쿠라가 들었으면 졸도했겠지.

"역시 이케야. ……패배감이 느껴지는걸."

역헌팅은커녕 모르는 타인이 아예 말을 걸지 않는 나도 충격을 받았다.

"오오~? 그럼 유우지 군은 역헌팅을 당하는 게 좋아?"

그때 누가 풀죽은 나에게 말을 걸었다. 카나였다.

돌아보니 카나가 갑자기 내 팔에 자기 팔을 강하게 얽었다.

"그럼 내가 유우지 군을 역헌팅해 버릴까? 헤이, 멋진 남자! 나랑 커피나 한 잔 할까?"

그리고 카나는 장난스럽게 웃으며 그렇게 말했다.

"아니, 딱히 헌팅당하고 싶다는 건 아냐."

내가 말하자,

"그 말대로예요, 하사키 선배. 그보다 거긴 제 포지션이니까, 좀 비켜 주시죠~."

그리고 이번에는 토우카가 나타났다.

카나가 끼고 있던 팔짱을 무리해서 벗겨내고, 그녀는 그 사이에 끼어들었다.

발끈한 표정을 짓는 카나와, 그녀에게 차가운 시선을 보내는 토우카에게 나는 말했다.

"토우카도 왔으니까 일단 이걸로 다 모였네."

내 말에 토우카와 카나가 의아한 표정을 지었다.

왜 그러지?

그렇게 생각하고 있자니, 둘은 나를 향해서 물었다.

"어, 선배? 이 도둑고양이도 참가한다고요? 전 그런 얘기 처음 들어요!! 대체 무슨 의미인지 모르겠는데요?! 전 선배가 이 사람한테 스토킹당하는 건가 하고 얼마나 걱정했는지 아세요?! 이게 어떻게 된 일인지, 설명해 주세요!"

"내, 내가 스토킹을 왜 해! 나도 토우카쨩이 온다는 얘기는…… 못 들었단 말야! 토우카쨩이야말로, 유우지 군이랑 놀려고 나온 하루마를 뒤쫓아 따라왔을 뿐이지?! 토우카쨩 쪽이, 스토커거든!! 저기, 그렇지? 유우지 군?!"

분위기가 뜨거워지는 두 사람을 보고 나는 말문이 막혔다.

그리고 내가 무슨 실수를 했는지 깨달았다. 이케에게만

메일을 보내고 그걸로 만족하고, 토우카와 카나에게 연락을 넣는 것을, 완전히 잊고 있었다……

"그러고 보니 연락하는 걸 잊고 있었네…… 미안해."

미안한 일을 했지, 그렇게 생각하고 내가 사죄하자……

"어, 그걸로 끝……?!"

"이런 건 분명히 이상해……."

절망스러운 표정을 짓는 둘에게 이케가 말을 걸었다.

"뭐, 좋잖아, 가끔은."

이케가 그렇게 말했지만,

"오빠는 잠깐 입 다물고 있어 봐."

"하루마는 대체 누구 편이야?!"

두 사람 모두에게 공격받는 처지가 되었다.

어깨를 으쓱하고 내 어깨에 손을 얹더니,

"나는 언제나 토모키 편이지만…… 여기선 물러날게."

그렇게 중얼거리고 이케는 물러섰다. ……내가 뿌린 씨앗이긴 하지만, 가능하다면 물러서지 말아 주었으면 했다.

토우카와 카나는, 서로를 노려보았다.

그러더니 토우카가 한껏 아양떠는 목소리로, 나에게 기대면서 말했다.

"뭐, 괜찮겠죠. 오늘은 어디까지나 저랑 선배의 러브러브 데이트가 메인이니까요? 이 두 떨거지들은 신경 쓰지 말고 평소처럼 마구 러브러브해요. 네~?"

토우카는 나를 올려다보며 물었다.

딱히 언제나 러브러브하는 건 아니지만, 철저하게 카나를 쳐내고 싶어하는 모양이었다.

"치사해! 나도…… 유우지 군이랑 러브러브하고 싶은데!"

비난어린 시선을 나와 토우카에게 보내는 카나.

이러쿵저러쿵 말다툼하는 두 사람에게, 어떻게 대처할까 할지 고민하고 있자니…….

"그런데 유우지……. 아까 패배감이 뭐라고 했더라?"

어이가 없다는 표정을 지으며, 이케가 물었다.

확실히 아사쿠라한테는 지금 이 상황을 절대로 보여줄 수 없겠네…….

그렇게 생각한 나는, 이케의 질문에 뭐라 대답할 말이 없었다.

☆　☆　☆

토우카와 카나의 말다툼을 진정시키고, 우리는 짭치공 앞에서 이동했다.

오늘은 아무런 계획이 없기에 이제부터 길을 걸으며 뭘

할지 얘기해보기로 했다.

"뭐 하고 싶은 거 있어?"

이케가 묻자, 일단 토우카가 반응했다.

"저는 선배랑 둘이서 노래방이라도 갈 생각이었으니까, 둘은 알아서 재밌게 노세요! 그럼 이만!"

그렇게 말하면서 내 팔을 꽉 잡고 둘에게서 떨어지려 했지만,

"나와 유우지 군은 좋은 분위기가 될 수 있는 영화를 보러 갈 테니까, 토우카쨩이랑 하루마는 남매끼리 사이좋게 느긋하게 지내면 되지 않을까—?"

카나가 굳은 목소리로 말하더니 토우카의 반대쪽에서 팔을 잡아당겼다.

"아쉽네요, 영화는 이미 저랑 유우지 선배가 함께 갔거든요~. 엄—청 좋은 분위기였거든요? 하지만 오늘은 딱히 영화를 보고 싶은 기분은 아니죠?"

"응, 그러게."

그 세기말 영화를 보고 좋은 분위기가 되었는지는 모르겠지만, 확실히 영화가 땡기는 날은 아니기에 아는 토우카의 말에 고개를 끄덕였다.

그러자 힘이 쭉 빠지는 카나.

"……영화는 나중에 보자."

역시 미안한 기분이 들어서 카나에게 말하자, 그녀의 표

정이 확 밝아졌다.

그리고,

"응, 약속하는 거지?"

활짝 웃으면서 말하기에 나는 긍정했다.

"……선배? 여친이랑 같이 있으면서 다른 여자아이한테 데이트를 권유하다니, 이건 너무하시는 거 아니에요~?"

새빨개진 얼굴로, 불만스러운 표정을 지으며 토우카는 말했다.

"다음 기회에, 모두 함께 가자는 거야."

지금의 나에게 카나는 소중한 친구다.

그녀와의 관계도 토우카와의 '가짜' 연인 관계와 마찬가지로 소중히 다루고 싶다고, 나는 생각한다.

"그 정도로도 좋아. ……아직은, 그렇다는 거지만."

온화한 웃음을 짓는 카나.

분명 나는 카나에게 상처를 주고 있다. 그녀의 마음에 응하지 못하는 만큼 아마 계속 상처를 주게 될 거라고 생각한다.

웃음 짓는 카나를 보고, 그 사실에 대해 미안함을 느꼈다.

하지만——.

"그래."

지금 여기서 사과해서는 안 된다는 생각도 한다.

그래서 나는 그렇게만 대답했다.

"……선배 바보, 여자만 밝히고!"

불만스러운 듯이 중얼거리는 토우카.

"남이 들으면 오해할 만한 소리 하지 마. 나는 여자를 밝히는 사람이 아니야."

"……아, 그러게요. 선배는 딱히 여자만 밝히는 사람이 아니었죠~."

싸늘한 눈초리를 보내며, 토우카는 나를 탓했다.

"……무슨 뜻이지?"

그녀가 무슨 소리를 하는 건지 도무지 의미를 알 수 없어, 솔직하게 물었다.

"모르는 게 약. 옛말에 그런 게 있죠……."

왠지 모를 각오를 한 듯한 표정으로, 토우카는 중얼거렸다.

"……그래서, 결국 어떻게 할 거야?"

우리의 대화를 가만히 지켜보던 이케가, 쓴웃음을 지으며 그렇게 물었다.

……전혀 이야기가 진행되지 않았다는 것을 깨달았다.

그렇게 생각하고 주위를 보다가, 건물 하나가 눈에 들어왔다.

"저기 가서 생각하는 건 어때?"

내가 가리킨 곳은 대형 종합 어뮤즈먼트 시설이었다.

저기라면 아까 토우카가 말한 노래방도 있고, 그 외에도 오락실이나 볼링, 각종 스포츠 시설 등도 갖추고 있다.

"괜찮은 것 같은데?"

"나도 좋은 것 같아."

"그럼 그렇게 하자."

　그렇게 되어, 예상 외로 목적지는 간단히 정해졌다.

☆　☆　☆

　그리고 접수를 끝낸 후에 무엇을 할지 정해보자는 흐름이 되었는데…….

"그러고보니 나, 볼링을 해본 적 없어."

"어?! 정말요?"

"그래. 이제까지는 함께 할 사람도 없었고, 그렇다고 혼자 해볼 마음까진 안 들더라고."

　내 말에 토우카는 이케와 카나를 보았다.

"그러게, 한 번도 간 적이 없어."

"나랑 놀던 시절에는 대부분 밖에서 뛰어다니기만 했으니까."

　이케가 미안하다는 듯이 말하고, 카나는 그리운 듯이 말했다.

"참고로 노래방도 가본 적이 없어. 이유는 똑같지."

내가 말하자, 셋은 상냥하게 웃으면서 말했다.

"그럼 기왕 왔으니 볼링이랑 노래방 갈까?"

"응, 그러게. 분명 모두 함께라면 즐거울 거야."

"그래, 딱 좋네."

……너무나 따뜻한 반응에, 나는 역시 창피한 기분이 들었지만.

"오오, 그러자."

순순히 고개를 끄덕였다.

그래서 일단은 볼링부터 하기로 했다.

볼링 전용 카운터에서 신발을 빌리자 레인으로 안내되었다.

각자 공을 고르고 나니 게임이 시작되었다.

이케는 첫 투구에서 익숙한 폼으로 공을 던졌다.

공은 멋지게 커브를 틀어 그대로 핀을 전부 쓰러뜨렸다.

시작부터 스트라이크, 역시 스타 이케다.

"오, 대단해~."

"오늘은 컨디션이 좋은 것 같아."

카나가 기운차게 말하면서 웃는 이케와 하이파이브를 나누었다.

참고로 토우카는 스마트폰만 만지작대며 이케를 완전히 없는 사람 취급했다.

"대단한걸."

"고마워."

나도 카나를 따라 이케와 하이파이브했다.

그러자……, 어째서인지 이쪽을 보던 카나의 눈빛이 바뀌었다.

"유우지 군, 다음엔 내가 던질 테니까! 제대로 봐줘야 해?!"

"으, 으응."

텐션이 높은 카나가, 공을 던졌다.

초구에서는 깔끔하게 오른쪽 반을 쓰러뜨려 핀이 5개 남았다.

그 다음 투구에선 남은 핀으로 똑바로 나아가……, 멋지게 전부 쓰러뜨렸다. 스페어다.

"와오, 봤어?! 유우지 군?!"

카나가 이쪽을 돌아보고 기쁜 표정으로 말했다.

"응, 대단하네."

내가 고개를 끄덕이며 대답하자, 웃는 얼굴로 손을 들고 다가오는 카나.

"와아, 하이파이브, 하이파이브!!"

기뻐하며 외치는 카나에게 쓴웃음을 지으며 손을 마주치자……, 그녀는 그대로 내 손을 꽉 잡았다.

그걸 보고 토우카가 '잠깐, 무슨 짓이에요?!'라고 허둥지둥 항의했다.

그건 나도 묻고 싶다.

"카나, 이건 내가 아는 하이터치랑은 다른데?"

내가 말하자,

"다르면 안 되는…… 거야?"

애절한 표정으로 나를 올려다보며 카나가 물었다.

……안 되는 것 같은데, 라고 생각했지만 너무나 직설적인 질문이라서인지 좀처럼 말이 나오지 않았다.

"그야 당연히 안 되겠죠~? 그보다 제 남친을 그렇게 더듬거리지 말아 주세요~. 성희롱으로 고소당하고 싶으세요?"

토우카가 불만에 가득 찬 표정으로, 나와 카나의 손에 몇 번이나 촙을 날렸다.

"……질투는 보기에 안 좋아, 토우카쨩?"

토우카의 촙을 당한 팔을 쓰다듬으며, 카나는 짓궂게 말했다.

그 말에 열이 확 오른 토우카는,

"……선배? 내가 던질 때에도 잘 봐주셔야 해요♡"

카나와 비슷한 말을 나에게 하더니 공을 던졌다.

공은 똑바로 나아가 중앙에서 핀이 쓰러졌다.

토우카는 이케와 마찬가지로 스트레이트를 따냈다.

"오예! 스트라이크예요, 선배♡ 자, 하이파이브!"

토우카가 두 손을 번쩍 들고 다가왔다.

왠지 포옹을 원하는 것처럼 보이기도 했지만, 나도 두 손을 들고 기차리자…….

"와아, 스트라이크네! 토우카쨩, 정말 대단하다♡"

그렇게 말하며 사이에 끼어든 카나가, 토우카와 강제로 하이파이브를 했다.

그리고 나한테 그랬던 것처럼 손을 잡았다.

"와아, 참 고오마압네요오. 일단 당장 이 손을 놔 주지 않으시겠어요?"

딱딱한 목소리로 말하는 토우카.

"어~, 하지만 토우카쨩은 내 흉내를 내서 유우지 군의 손을 잡을 생각이잖아? 다음은 유우지 군 차례니까 방해하면 안 되거든?"

"네에? 진짜 뭔 소리 하는지 모르겠는데요? 저는 선배랑 다르게 그런 꼴사나운 짓을 할 생각은 없는데요? ……뭐, 하지만 선배가 내 손을 놓지 않는다면 이야기가 다르지만요!"

"실은 아까 그거, 유우지 군이 내 손을 놓지 않은 거거든?"

"네에? 망상벽까지 있다니 큰일이네요. ……아이고, 불쌍해라!"

서로 말다툼을 하다가, 마치 프로레슬링처럼 손을 맞잡은 자세로 경직된 토우카와 카나.

……좋아. 다음은 내 차례다.

두 사람을 내버려두고, 나는 이케에게 간단한 어드바이스를 받아 공을 던졌다.

두 번 던져서 총 8개를 쓰러뜨렸는데, 공이 생각대로 잘 나아가지 않았다.

뭐, 오늘 처음 시작했으니까.

이번 게임에서 한 번 정도는 스트라이크를 해보고 싶은 걸.

……나는 토우카와 카나의 싸움을 방치하고, 옆에서 그런 생각을 하고 있었다.

☆　☆　☆

그리고 한 게임이 끝났다.

나는 게임 도중에 조금씩 요령을 익혀서 스트라이크나 스페어를 꽤 따냈다.

최종 스코어는 150 정도였다.

"처음인데 150이라니 대단해!"

"선배, 정말 멋졌어요♡"

평균적인 스코어라고 생각하지만, 그래도 카나와 토우카는 엄청나게 칭찬해 주었다.

그리고 10프레임 전부 스트라이크를 내서 내 두 배인

300점을 기록한 이케는 어떤가 하면…….

"저기, 하루마? 혼자만 열두 번밖에 못 던지면 손해 본 기분 안 들어?"

카나에게 걱정을 받고——,

"너무 대단해서 별로야……. 기분 나빠."

토우카에게 비웃음 당했다.

"……대단하잖아. 내 점수의 두 배라고."

내가 그렇게 말하자, 이케는 말없이 쓸쓸한 웃음을 띠며 말했다.

"유우지가 즐거웠다면, 나는 만족해."

토우카와 카나에게 심한(?) 말을 들었는데도 나를 배려해 주는 이케는, 이쯤 되면 성인군자 아닌가?

애수에 찬 표정으로 그렇게 말하는 친구를 보고, 나는 의외로 진지하게 그렇게 생각했다.

☆　☆　☆

볼링이 끝나고, 이번에는 플로어로 이동해서 드링크바에서 마실 것을 챙겨 노래방 룸으로 들어갔다.

"자, 선배는 제 옆이에요! 오빠는 저기 구석에서 숨소리도 내지 말고 있어! 하사키 선배는 복도에서 운동이라도 하고 계시면 될 것 같네요!"

방에 들어가자 곧바로 토우카가 척척 지시를 내렸는
데……. 이케, 특히 하사키의 취급이 지독했다.

"그럼 나는 유우지 군의 무릎 위!"

"어, 무슨 소리예요? ……그건 정말 좀 이상하잖아요?"

또 불꽃을 튀기는 두 사람을 내버려두고, 나는 이케 옆
에 앉았다.

"내 옆에 앉아도 괜찮은 거야? 인기남?"

야유하듯 이케가 말했다.

너무나 단정한 옆모습을 보고, 네가 그런 소리를 하냐고
딴죽을 걸고 싶어지는 나.

"어때서 그래. 누가 어디에 앉든……. 그런데 이건 어떻
게 조작하는 거지?"

터치패널식 리모컨을 조작하는 법을 이케에게서 배우고
있자니…….

"유우지 선배는 제 옆! 맞죠?!"

"난 유우지 군의 무릎 위! 맞지?!"

라고 동시에 토우카와 카나가 물었다.

"나는 이케 옆에 앉을 거고 무릎에 카나를 앉힐 생각도
없어. 너희 둘은 그쪽에 나란히 앉으면 되잖아."

반대쪽 소파를 가리키는 나.

토우카와 카나는, 내 말을 듣더니 옆에 있는 이케를 보
고 절망에 빠진 표정을 지었다.

그리고 그 말대로 맞은편 소파에 나란히 앉아 축 늘어진
두 사람.

"내가 하는 말은 전혀 들어주지 않지만, 역시 좋아하는
남자가 하는 말이라면 둘 다 얌전히 듣는구나."

이번에도 놀리듯 이케가 말했다.

이 녀석은 이 녀석대로 즐기고 있구나.

"일단 곡부터 예약해 볼게."

그렇게 말하고 이케가 곡을 예약했다.

노래방 기계에서 음악이 흐르고, 가사가 화면에 흐른
다.

요즘 인기 많은 싱어송라이터의 곡이다. 나도 안다.

무슨 곡을 골라야 할지 망설였지만, 모두가 즐길 수 있
는 곡을 넣어 두면 되겠지.

그렇게 생각하고, 나도 마찬가지로 모두가 알 만한 곡을
넣어 두었다.

그리고 노래를 시작하는 이케.

투명한 목소리. 음정이나 리듬감도 완벽하다.

완벽초인인 이케는 노래방에서도 퍼펙트했다.

아마 타츠미야를 필두로 하는 이케의 팬들이 들었다면
이 엄청난 마력에 빠져 기절했을 것이다.

하지만 이 자리에 있는 여자는…….

"이거 부르는 가수 가끔 텔레비전에도 나오는데, 엄청

나르시시스트 느낌이야~."

소꿉친구인 카나는 느긋하게 그런 소리를 하고, 토우카는 아예 아무 말도 없이 스마트폰만 들여다보고 있다.

둘 다 타츠미야랑 바꿔줘라, 그 포지션……!

나는 분한 마음이 들어 마음속으로 한탄했다.

"역시 이케야. 엄청 잘 부르네."

노래를 끝마친 이케에게 내가 말하자,

"저쪽 두 사람은 마음에 안 드는 것 같지만."

그렇게 대답하면서 나에게 마이크를 건넸다.

그걸 받자마자 곧바로 노래가 흘러나왔다.

"앗, 나 이 노래 좋아하는데!"

"선배 센스 좋네요! 멋져요♡"

갑자기 토우카와 카나가 나를 무지막지하게 칭찬해댔다.

그야말로 가시방석에 앉은 기분이다.

내가 노래를 시작하자 이번에는 추임새를 넣으면서 분위기를 띄워준다.

……너무나 창피하다.

그 수치심을 견디며 노래를 다 끝내자,

"와아, 유우지 군, 노래 잘하는구나!"

"선배, 멋져요! 새삼 반했어요♡"

두 사람이 나를 반하게 만들려고 그런 말을 해댔다.

"으, 으응."

그렇게 대답하자 다시 곡이 흘러나왔다.

"아, 제가 예약한 곡이에요!"

토우카가 예약한 곡은, 인기 여성가수의 경쾌한 러브송이었다.

귀여운 목소리에 가창 테크닉도 완벽하다.

나는 토우카의 노랫소리에 완전히 빠져들었다.

"……어땠나요, 선배?"

노래를 다 끝낸 토우카가 나에게 물었다.

"엄청 잘 부르는구나. 그만 몰입해 버렸어."

내가 말하자 토우카가 부끄러운 듯이,

"다행이에요."

라고 안심한 표정으로 말했다.

"토우카쨩은 선곡이 너무 속보이는걸~."

카나가 웃으면서 말하자 '뭐래? 음침하긴'이라고 토우카도 웃으면서 대꾸했다. 무섭다.

"다음은 내가 노래할게, 유우지 군! 잘 들어 줘!"

엄청나게 속보이는 말을 하면서 카나가 노래하기 시작했다.

여성 아이돌 그룹의 발라드곡. 잔잔한 러브송이다.

토우카만큼 뛰어나지는 않지만, 평소에 밝은 카나가 이런 발라드를 부르는 건…… 이것대로 매력적일지도 모른다고 생각했다.

"어땠어, 유우지 군? ……두근두근했어?"

노래를 끝낸 카나는 나를 보며 물었다.

……솔직히 말해, 노래하는 카나에게서 평소 모습과의 갭을 느끼고 가슴이 뛰기는 했다.

"그래, 좋았어."

내가 대답하자, 카나는 수줍은 듯이 웃었다.

"아, 기뻐……."

그걸 들은 카나가,

"하사키 선배한테 딱 맞는 곡이었네요~."

의외로 호의적인 평가를 내렸다.

"그, 그랬어?"

"네, 선배는 그야말로 가사처럼 부담백배인 여자니까요, 그러니까 딱이에요~."

토우카의 말에, '어~, 토우카쨩만큼은 아닌데~'라고 겸손한 척 신경질을 내는 카나.

파직거리며 불꽃이 튀기는 두 사람에게,

"드링크바 다녀올 건데, 둘은 뭔가 마실래?"

이케가 붙임성 좋게 물었다.

""아이스티!""

라고 동시에 대답하는 두 사람. 똑같은 메뉴를 합창하듯 외치는 걸 보면 사실 이 둘은 사이 좋은 게 아닐까?

그리고, 혼자서 드링크 3인분을 옮기는 건 불가능까진 아니어도 힘들 거라고 생각해서 이케에게 말을 걸었다.

"나도 도울게."

"그래? 고마워."

 이케와 함께 방에서 나왔다. 드링크바 카운터에는 우리 말고 아무도 없었다.

 나는 토우카와 카나 몫의 잔에 얼음을 넣어 이케에게 건넸다.

"고맙다, 유우지."

 내가 잔을 건네주자 이케는 기계의 버튼을 눌러 아이스 티를 채우며 말했다.

"신경 쓰지 마. 둘이서 하면 금방이니까."

 내가 마실 음료를 따르며 말하자 이케가 재미있다는 듯이 웃었다.

"……음? 내가 뭔가 이상한 소리 했냐?"

 그렇게 묻자 이케가 나를 보며 온화한 표정을 지었다.

"응. 그걸 말한 게 아니었으니까."

"그럼 뭘 말한 거지? 고맙다는 말을 들을 만한 일은 한 적이 없는데."

"토우카랑, 카나 말이야."

"뭐?"

 나는 이케의 말에 멍하니 대답했다.

무슨 소리를 하는지 잘 이해가 가지 않았다.

"⋯⋯저렇게 활짝 웃는 토우카는 꽤 오랜 시간 동안 못 봤거든. 저 녀석은 이제까지 만들어낸 표정으로만 차갑게 웃었어. ⋯⋯토우카가 변한 건 유우지. 너랑 사귀고 나서부터야."

그렇게 말하며 빙긋 웃는 이케.

나는 이케의 그 올곧은 말에, 제대로 대답할 수가 없었다.

"카나도 그래. 쟤는 언제나 밝게 행동해 왔지만 마음속에선 나한테도 털어놓을 수 없는 짝사랑으로 고민하고 있었어. 지금 상태는 일시적인 폭주일 수도 있지만, 그래도 마음에서 우러나서 웃는 것처럼 보이거든."

가볍게 심호흡한 후에, 이케는 말을 계속했다.

"중학교에 올라갈 때까지는 셋이서 자주 놀았지만, 토우카는 고뇌하기 시작하고 카나도 고집을 피웠어. 자연스럽게 셋이서 모이는 일도 없어졌지. ⋯⋯그걸 깨달았지만 나로서는 할 수 있는 일이 아무것도 없었어. 게다가 토우카는⋯⋯ 나는 그 녀석을 궁지에 몰아넣는 것밖에 할 수 없었어. ⋯⋯그래서 사실 나는 그때 같은 관계로는 절대로 돌아갈 수 없을 거라고, 포기하고 있었거든."

하지만──.

이케는 먼눈을 하고서 말했다.

"두 사람이 사이좋게 놀고 나는 신나게 놀림만 당하고 있어. 그게 꼭 예전에 우리가 놀던 모습 같아서……. 기뻤지 뭐야."

이케가 심한 취급을 당하는 게 나는 쇼크였지만, 사실 그에게는 그게 원하는 바였나보다.

"지금 그때처럼 놀 수 있는 건, 전부 네 덕분이야, 유우지. ……그러니까, 정말로 고맙다."

상냥하게, 따뜻하게 웃으면서 이케가 나를 보고 그렇게 말했다.

어느새 두 사람의 음료를 다 따른 이케가 시선을 내리깔고 손에 든 잔을 보았다.

"……역시, 고맙다는 말을 들을 만한 일은 한 적이 없는 걸."

확실히 나는 이케와 토우카의 관계를 개선하는 데에 도움이 되었을 수도 있다.

하지만 카나에 관해서는 나는 아무것도 하지 않았다.

나는 그저 계기가 되었을 뿐이다.

그런데 어떻게 이케가 하는 고맙다는 말을 받아들일 수 있을까?

무엇보다 내가 이케에게 받은 은혜는…… 도저히 다 갚을 수가 없는 것이다.

그러니까 그 말은 순수하게 기뻤지만, 받아들일 수는 없었다.

나는 그렇게 생각했다.

"……너무 멋 부리는 거 아냐?"

"시끄러."

야유하는 듯한 이케의 말에 나는 창피함을 느끼면서도, 짧게 대꾸했다.

……조금 멋을 부리지 않으면, 친구 캐릭인 나는 주인공 이케 옆에 설 수가 없으니까.

내 말을 듣고 쿡 하고 웃는 이케.

그는 그러더니 진지한 표정으로 돌아와 말했다.

"……딱히 걱정하진 않지만, 하나만 말할게. ……토우카는 물론이고 카나도 나한테는 여동생 같은 아이들이야. 그러니까 너와의 관계가 앞으로 어떻게 변할지는 알 수 없어. ……그러니 이대로 어중간한 형태로 끝나게 하지는 말아 줘."

나를 똑바로 바라보는 그 눈을 응시하며, 고개를 끄덕였다.

"……알았어."

토우카와의 '가짜' 연인 관계나 카나가 나에게 보내는 호감에 대해, 언젠가 제대로 된 결론을 내야만 한다.

……내 대답에 만족했는지, 이케는 평소의 밝고 상쾌한 미소를 지으며 말했다.

"그 말을 들을 수 있어서 다행이야. 그럼, 슬슬 방으로 돌아갈까."

이케의 말에 나는 말없이 고개를 끄덕였다.

토우카가 마실 아이스티를 잔에 채운 후에 이케와 함께 방으로 돌아가 보니——.

""앗.""

거기에는 꽤나 충격적인 광경이 펼쳐져 있었다.

놀랍게도, 토우카와 카나가 사이좋게 듀엣을 하고 있던 것이다.

나와 이케는 얼굴을 마주보았다.

"사이가 좋네, 두 사람."

내가 말하자 두 사람은 얼굴이 새빨개지더니, 묘하게 겸연쩍은 표정으로 고개를 숙이고는,

"이건, 유우지 군이랑 듀엣을 하고 싶다는 이야기가 나와서!"

"어느 쪽이 선배 파트너에 어울리는지, 실제로 노래를 불러보고 판단해 보기로 해서 이렇게 되었을 뿐이거든요?!"

허둥지둥 설명하는 두 사람.

나와 이케는 테이블에 잔을 놓고 일단 소파에 앉았다.

에이, 즐겁게 노래하는 것처럼 보이던데.

아직도 이어지고 있는 두 사람의 설명을 그런 생각을 하

면서 듣고 있자니, 옆에 앉은 이케가 어깨를 들썩이며 말했다.

"둘 다 그쯤에서 됐어. 그런 이유라면 이미 듀엣을 할 필요는 없거든."

진의를 알 수 없는 이케의 말에,

"엥? 무슨 소리야?"

"무슨 뜻이야, 하루마?"

의아한 표정을 짓는 두 사람.

"간단한 얘기지. ……유우지는 나랑 듀엣을 할 거니까!"

그렇게 말하더니 나와 어깨동무를 하는 이케.

그 모습을 본 토우카와 카나가 폭발했다.

"뭐어?! 뭔 웃기지도 않는 소리야?!"

"그래그래, 그건 말도 안 돼!"

"말이 되는지 안 되는지는 유우지가 정할 일 아닌가?"

나에게 동의를 구하는 이케.

단정한 얼굴이 다가왔다.

타츠미야를 비롯한 이케의 팬들에게 이렇게 행동한다면, 이 엄청난 잘생김 오라에 가슴이 뛰다 못해 졸도할 것이다.

……아쉽게도 나는 남자지만.

"좋아, 그럼 함께 부를까."

두근거리는 일도 졸도하는 일도 없이 내가 이케에게 대

답했다.

"뭐야, 그거, 이런 게 어디 있어?!"

"그런 건 치사해, 하루마 바보!"

두 사람의 항의를 상쾌한 웃음으로 흘려보내고, 이 지역에서는 최강으로 통하는 선곡을 한 이케가 나에게 마이크를 건네면서 쾌활하게 말했다.

"그런 건 알 바 아니지, 브라더?"

나는 마이크를 받아들고,

"그래."

라고 고개를 끄덕인 후에 원망스러운 표정을 짓고 있는 토우카와 카나 앞에서 이케와 함께 뜨겁게 노래를 불렀다.

9
감사 인사

여름방학이 갓 시작된, 어느 금요일 밤의 일.

갑자기 스마트폰이 진동했다. 화면을 확인해 보니 마키리 선생님이었다.

대체 무슨 일이실까 생각하면서, 나는 화면을 탭해 전화를 받았다.

"여보세요, 토모키 군인가요?"

마키리 선생님의 목소리에 '네'라고 대답하자 그녀는 말을 이었다.

"안녕, 선생님이야. 지금 잠깐 시간 괜찮니?"

"괜찮아요. 무슨 일이시죠?"

내가 대답하자, 마키리 선생님은 통화구 너머로 한 차례 숨을 들이마시더니,

"학생회 합숙을 위한 보호자 동의서 말인데."

그렇게 말을 꺼내셨다.

……어째서 마키리 선생님이 나한테 전화를 거셨는지, 곧바로 알아차렸다.

"……이 서명, 아버님이 하신 거 아니지?"

통화하는 목소리로는 좀처럼 감정을 읽을 수가 없지만, 아마 화내고 계실 것이다.

"……죄송합니다."

"솔직하게 인정하는구나."

"변명을 해도 소용없으니까요. ……동의서가 없다면 참가는 무리겠네요."

"……그래."

선생님의 말씀에, 그야 그렇겠지 하고 납득했다.

이케를 비롯한 학생회 멤버들이나 토우카에게 뭐라고 사과해야 할지 고민하고 있자니,

"그러니까, 보호자의 서명을 받아야 한다는 소리야."

"으음, 못 받았으니까 제가 서명한 건데요."

"그건 사정을 설명했지만 거절당했다는 의미는 아니잖니?"

"……아아, 네."

"사정을 설명조차 하지 않았다. 그런 거지?"

"네. ……한심한 소리라서 죄송하지만, 그건 무리예요."

"토모키 군은, 허가를 받지 못했다면 안 가면 된다 정도로만 생각하는 모양이지만. 다들 네가 참가해 주기를 바라고 있어."

상냥한 목소리. 하지만 나는 그 말에 대답하지 못했다.

"그러니까 가정방문을 하겠어. 나도 동석해서 아버님과 대화를 해보자."

"……응?"

갑작스러운 말에 나는 동요했다.

"물론 아버님께는 이미 말씀드렸어. 그런데 토모키 군 내일은 약속이 있니?"

"내일은, 별다른 건 없는데요……. 어, 마키리 선생님이 오시는 건 결정인가요?"

"결정이야. 아버님도 15시부터는 괜찮다고 말씀하셔서 시간을 비워 달라고 부탁드렸어. ……토모키 군은, 점심 때 정도에는 집에 있을 수 있도록 해줘."

"벌써 약속까지 잡아두신 건가요……. 그런데 저는 왜 점심때부터 있어야 하죠?"

내가 당황해서 묻자,

"토모키 군. 내일 점심은 내가 준비할게."

마키리 선생님은 빠른 말투로 그렇게 말했다.

"……점심? 죄송해요, 그게 무슨 뜻이죠?"

"아, 아무튼. 내일은 잘 부탁해."

선생님은 어딘가 허둥대는 분위기로 그 말만 남기고 통화를 끊었다.

통화 이력을 바라보면서, 나는 다시 한 번 중얼거렸다.

"가정방문도 점심도, 대체 무슨 소린지……."

☆　☆　☆

그리고 다음 날 오후.

인터폰이 울렸다. 받아보니 마키리 선생님이 도착한 듯했다. 현관을 열자

"안녕, 토모키 군."

흰 블라우스에 타이트한 스커트, 그리고 재킷을 손에 든 마키리 선생님이 있었다.

평소보다 힘이 들어간 옷차림과 손에 든 보랭백이 어울리지 않는다.

"……왜 그렇게 흘끔흘끔 보니?"

이쪽은 싸늘하게 노려보는 마키리 선생님.

"선생님의 정장 차림, 그다지 본 적이 없구나 싶어서 그만……."

"나는 행사가 있을 때마다 정장을 입는데, 그다지 기억에 남지 않은 모양이구나?"

내 말에 마키리 선생님은 씁쓸하게 웃으며 대답했다.

죄송하다고 말하자 선생님은 '괜찮아, 신경 안 쓰니까'라고 상냥하게 미소를 지어 주셨다.

"아, 죄송해요. 들어오세요."

나는 선생님을 거실로 안내했다.

"실례합니다."

현관에서 신발을 받고 안으로 들어오셨다.

"깔끔한걸. ……토모키 군이 정리한 거니?"

"네, 선생님이 오신다는데 정리는 해야죠."

"그래, 평소랑 똑같아도 괜찮은데."

아무리 그래도 그럴 수는 없지…….

그렇게 생각하면서 방석을 드리고 앉으시라고 했다.

"차를 내 올게요."

그렇게 말하자,

"그럼 일단 점심부터 먹자."

보랭백을 테이블 위에 놓고, 마키리 선생님은 그렇게 말했다.

"……전 완전히 제가 잘못 들었다고 생각했는데, 역시 이거였군요."

아버지와 약속한 15시보다 한참 일찍 도착한 시점에 알아차렸지만, 실제로 눈앞에 도시락 상자가 나타난 걸 보고, 그 사실을 재확인했다.

"그건……, 혹시 내가 요리할 수 있는 사람이라는 생각을 못 했다는 뜻이니?"

"마키리 선생님이 저한테 도시락을 만들어줄 이유가 없어서 못 믿었을 뿐이에요."

내가 말하자 마키리 선생님은 어색한 듯이 시선을 피하며 대답했다.

"이건……. 그때 민폐를 끼쳤으니 사과하는 의미로 대접하는 거야."

"아아, 그런 뜻이었군요."

안쓰럽게도 너무나 신빙성이 높은 이유였기에 나는 간단히 납득했다.

"그, 그럼! 점심 먹자. 괜찮으면 전자레인지로 데우고 싶은데 괜찮을까?"

"그런 건 제가 할게요."

마키리 선생님에게서 도시락을 받아 전자레인지로 데우고, 마실 차를 준비했다.

다 데운 도시락을 들고 돌아와 준비를 끝냈다.

"데우면서 잠깐 보기는 했지만, 엄청 맛있어 보이네요……."

도시락 내용물은 대단히 훌륭해서, 영양 균형이 잘 잡혀 있다는 걸 한눈에 알 수 있었다. 색도 진해서 식욕을 자극했다.

"자, 먹으렴."

마주앉은 마키리 선생님이 말했다.

나는 '잘 먹겠습니다'라고 말하고 일단 달걀말이에 젓가락을 뻗었다.

"맛있다……!!"

나는 감동했다.

실은 저번의 엉망인 모습을 봐서인지 집안일도 젬병일 거라고 생각했기에 감동이 더욱 컸다.

다른 음식들도 하나씩 먹어봤는데, 전부 다 맛있었다.

"입맛에 맞니?"

마키리 선생님의 말에 나는 고개를 끄덕였다.

마키리 선생님의 상냥한 눈빛에 왠지 창피함을 느껴, 나는 말없이 젓가락만 움직였다.

☆　☆　☆

그리고 마키리 선생님은 도시락 상자를 갖다놓으려 일단 집으로 돌아가셨다.

이따가 다시 오실 텐데 너무 번거롭지는 않을까 생각했지만, 아버지가 저 도시락 상자가 들어간 보랭백이 뭐냐고 묻는 사태를 떠올려보니 선생님께 수고를 끼치는 건 어쩔 수 없는 일이었다.

시계를 보니 13시 반이었다.

다음에 마키리 선생님이 오시는 시각은 15시 직전일 테니까, 일단 내 방에서 만화라도 읽어야겠다, 라고 생각했을 때 '딩동'하고 인터폰이 울렸다.

택배인가? 싶어 그대로 현관을 열었더니,

"안녕, 토모키 군. ……와 버렸어."

……마키리 선생님이었다.

"일찍, 오셨네요……."

"그래. 기왕이니 공부라도 봐줄까 해서 말야."

저번 일이 아직 마음에 걸려 이런 제안을 해 주시는 거 겠지. ……어쩌면 그냥 한가해서 이러시는 걸지도 모르지 만.

"그럼…… 그렇게 말씀해 주셨으니까……."

"응, 실례할게."

그리고 다시 거실로 안내하려 했을 때.

"기왕 왔으니 평소의 학습환경도 볼 겸 토모키 군의 방 에서 공부하도록 하자."

"꼭 가정방문을 하러 온 선생님 같은 말씀을 하시네요."

"정말로 그러려고 온 거거든?"

마키리 선생님은 싸늘하게 웃으며 말씀하셨다. 참고로 눈에는 웃음기가 없었다.

"죄송해요. 오늘 마키리 선생님은 옷차림은 격식을 차 리셨지만, 그게……."

내가 우물거리자,

"왜 그러니?"

수상하다는 눈빛을 보내왔다. 말할지 말지 고민하다가 그녀의 시선을 못 이기고,

"미인 누님이라는 느낌이 강해서 그만 선생님이라는 걸

잊어버리고 말았습니다."

내가 생각해도 '무슨 소리여?'라는 생각이 든다.

"⋯⋯바보 같은 소리 하지 마."

나는 창피해서 선생님의 얼굴을 볼 수 없었지만, 아마 어이없다는 표정을 짓고 계시겠지.

'죄송합니다'라고만 말한 후에 방으로 안내했다.

"깔끔하게 치워 놨다⋯⋯라기보단, 원래부터 물건이 별로 없구나."

마키리 선생님은 내 방을 흥미로워하는 표정으로 바라본 후에 그렇게 말했다.

가구라면 침대와 옷장, 그리고 책상과 의자 정도인가.

"⋯⋯토모키 군, 혹시 집에 있을 때는 공부밖에 안 하는 거야?"

어딘가 걱정스러운 듯이 토모키 선생님이 말했다.

나는 쓴웃음을 지으면서 베갯머리에 놓아둔 태블릿을 손에 들고 대답했다.

"스마트폰이나 태블릿PC로 동영상을 보거나 만화를 읽어요. 그리고⋯⋯, 벽장에 덤벨이랑 운동용품을 정리해 두었는데, 그걸로 몸을 단련하기도 하고요."

"아아, 지금은 태블릿 한 대만 있으면 어느 정도는 취미 활동이 가능한 시대였지."

마키리 선생님은 납득한 듯이 그렇게 말씀하셨다.

"그럼, 공부할 준비를 해주겠니?"

지시에 따라, 나는 책상 위에 공부 도구를 펼쳤다.
그리고 아까 하던 여름방학 과제에 매진했다.
마키리 선생님은 나를 바라보며 질문하기를 기다리는 듯했다.
……하지만 현재로서는 딱히 걸리는 부분이랄 게 없다. 나는 말없이 과제를 진행했지만, 문득 어떤 사실에 생각이 미쳤다.

──지금, 내 방에는…… 연상의 미인 여성이 있다.

마키리 선생님에게 남성으로서의 나는 길바닥에 널린 돌멩이만큼의 가치밖에 없다는 걸 잘 안다. 이렇게 돌봐주고 있는 건 어디까지나 내가 학생이고 그녀가 교사이기 때문이다.
하지만 그걸 안다고 해서 침착함을 유지할 수 있느냐, 라고 하면 그건 또 다른 이야기다.
또래 여자아이조차 집에 들인 경험이 없는데, 교사라고는 해도 이런 미인이 내 방에 있다면… 도저히 진정이 되지 않는다.
익숙한 자기 방이기 때문에, 완전히 이질적인 존재로 인해 방 전체가 이질적으로 느껴지게 된다.

"토모키 군, 손이 안 움직이는데. 뭔가 모르는 부분이라
도 있니?"

"우와앗!"

갑자기 말을 걸기에 나는 한심한 소리를 내며 어깨를 움
찔했다. ……아, 창피하다. 그렇게 생각하고 있자니,

"……집중이 잘 안 되는가보구나. 역시 아버지와의 대
화가 긴장되는 모양이네."

마키리 선생님이 배려하듯 그렇게 말씀하셨다.

나중 일이 아니라 바로 지금이 긴장의 소용돌이 한가운
데지만…….

"그러게요."

나는 그렇게 대답하고 동요했다는 사실을 들키지 않도
록 노력했다.

☆　☆　☆

그 후, 간신히 평정을 되찾은 나는 무사히 과제를 진행
할 수가 있었다.

시각을 보니, 이제 곧 15시가 되는 참이었다.

"슬슬 아버지가 돌아올 시간이 된 것 같으니 거실로 가
죠."

내 말에 '그렇게 하자'라고 마키리 선생님이 고개를 끄덕였다.

방에서 나와 거실로 선생님을 안내한 후에, 시원한 차를 준비했다.

마키리 선생님 옆에서 무릎을 굽혀 차와 다과를 내자, '너무 신경쓰지 마렴'이라고 쓴웃음을 지으셨다.

마침 그때 현관이 열리는 소리가 들렸다. 아마 아버지가 돌아온 것이겠지.

마키리 선생님에게 시선을 보내니, '돌아오신 모양이구나'라고 말씀하셨다.

그 말이 들리고 잠시 후, 거실 문이 열리고 아버지가 나타났다.

"오랜만에 뵙습니다, 마키리 선생님. ……15시부터였던 게, 맞지요?"

마키리 선생님은 자리에서 일어나 고개를 숙인 후에 대답했다.

"오랜만에 뵙습니다. 오늘은 예정보다 조금 일찍 도착했네요. 실례했습니다."

"아뇨, 괜찮습니다. 제가 약속 시간에 늦진 않았는지, 잠깐 걱정이 들어 여쭤봤습니다."

아버지는 그렇게 말하고 내 맞은편에 앉았다. ……일부러 자리를 옮겨 아버지 옆에 앉으려니 불편한 기분이 들어, 나는 그대로 마키리 선생님 옆에 앉았다.

보호자가 정면, 교사와 학생이 함께 그 맞은편에 앉는다는 건 아마 일반적인 가정방문에서는 보기 힘든 자리배치일 것이다.

"아직 예정보다 조금 이르지만, 시작할까요."

아버지는 그렇게 운을 뗀 후에,

"이번에는, ……제 자식놈이 무슨 짓을 저지른 거죠?"

라고 말을 이었다.

내가 뭔가 사고를 쳤다고 시작부터 단정하는 데에 짜증이 나진 않았다. 갑자기 교사가 가정방문을 하러 온다면 뭔가 문제가 생겼다고 생각하는 게 보통이다.

게다가 나는 실제로 위조한 문서를 제출했다. 마키리 선생님에게서는 멍청한 짓을 했다는 취급으로 끝났지만 이건 의외로 악질적인 행위. 사고를 쳤다는 건 분명하다.

"……아버님. 이걸 보신 적은, 없으시지요?"

마키리 선생님은 그렇게 말하고 보호자 동의서를 책상 위에 놓았다.

아버지는 그것을 손에 든 후에,

"네, 처음 봅니다. ……이게 뭐죠?"

서류와 마키리 선생님을 번갈아 바라보며 그렇게 물었다.

"저희 학교 학생회는 활동의 일환으로 매년 여름방학

때 합숙을 갑니다. 그리고 이건 합숙 참가에 관해서 보호자에게 설명하고 허락을 구하는 서류고요."

"……네, 그런데 그게 무슨?"

아버지가 영 이해가 안 간다는 표정을 지으며, 얼빠진 목소리로 그렇게 대답했다.

"유우지 군도 올해는 그 합숙에 참가할 예정입니다. 그런데 아직도 제출을 안 하기에 이렇게 직접 설명과 서명을 부탁드리러 왔습니다."

마키리 선생님의 말에,

"……너, 학생회 임원이냐?"

아버지는 믿을 수 없다는 표정으로 그렇게 물었다.

"아니, 그건 아냐."

"아니라고……?!"

아버지는 크게 당황한 표정이었다. 나도 같은 입장이라면 똑같은 표정을 지었겠지. 대체 뭔 소리인지 모르겠다면서.

"유우지 군은 학생회 임원은 아니지만, 평소부터 자주 일을 도와주고 있습니다. 그래서 학생회 임원들에게서 꼭 참가해 주면 좋겠다는 부탁을 들은 거죠."

마키리 선생님이 나와 아버지의 관계를 고려해, 적당한 말로 도와주셨다.

"그런…… 건가요?"

아버지의 말에 선생님은 웃으며 고개를 끄덕였다.

"네. 유우지 군은 그다지 아버님께 말씀드리지 않았을지도 모르지만, 적극적으로 학생회에 협력해 주고 있습니다. 학생회 임원들과도 관계가 양호하고요. 저도 이 아이가 꼭 참가해 주면 좋겠습니다."

설명을 듣고 아버지는 동의서와 내 얼굴을 번갈아 바라보았다.

그러면서 어안이 벙벙한 표정으로,

"······어째서, 나한테 그런 소리를 하지 않았지?"

아버지는 나에게 그렇게 물었다.

"······그야, 불편했으니까."

내 말에 아버지는 고개를 푹 숙이고는 '······그랬냐'라고, 화내지도 않고 그저 무표정하게 중얼거렸다.

분명, 작년 사건 이후로 나를 어떻게 대해야 좋을지 알 수 없었던 건 아버지도 마찬가지였을 것이다.

"나는, 예전부터 쭉 아버지를 대하는 게 힘들었어."

그 사건을 일으키기 전의 아버지였다면, 내 이런 말을 듣고 날카로운 눈빛으로 나를 째려봤을 것이다. 아니, 그 이전에 듣자마자 주먹부터 날렸을지도 모른다.

"곧바로 손찌검부터 하는 부분도, 가족은 신경도 안 쓰고 일에만 정신 팔려 있는 모습도. 엄마가 집을 나가버렸을 때는 자업자득이라고 생각했어. ······나한테 한 대 맞고서 같이 때리지 않는 모습을 보고는 한심하다고 생각했지. 하지만 힘든 시기에 그런 고생을 시켰으니 아버지도 힘들었을 거라고 생각해. ……사과해야겠다는 생각은 안 들지만."

모든 게 아버지의 자업자득이 아니라, 나에게도 어느 정도는 책임이 있었다.

"하지만 지금도 아버지는 불평 한 마디 없이 나를 먹여주고 재워주고, 학교에도 다니게 해주고 있으니까. ……그 덕분에 친구라고 할 만한 애도 생겼어. 그러니까 고맙다고는 생각해. ……하고 싶은 말은, 그것뿐이야."

이제까지 하지 못했던 말을 지금 이렇게 할 수 있었던 건…… 틀림없이 마키리 선생님이 옆에서 지켜봐 주고 계시기 때문이다. 나는 마음속으로 선생님께도 감사 인사를 했다.

그리고 아버지는, 내 말을 가만히 듣더니 얼굴을 푹 숙이고서 동의서를 읽었다.

그리고 서류에 서명을 하고 마키리 선생님께 건넸다.

"가, 감사합니다……."

아버지가 아무 말 하지 않아, 마키리 선생님이 당황하면서도 인사를 했다.

하지만 아버지는 그 말에는 대답하지 않았다. 그 대신,

"……유우지. 너는 나랑 똑같다."

낮고 어두운 목소리로 그렇게 말했다. 그리고,

"나는 내내 올바른 일을 해왔다고 생각해 왔다. 너한테 엄하게 대했던 것도 틀리지 않았다고, 그렇게 생각했었지. 하지만…… 지금은 뭐가 옳고 뭐가 틀린 건지, 알 수 없게 되어버렸군."

라고 말을 이었다.

마키리 선생님은 의아한 표정으로 아버지를 보고 있었다.

……뭐, 내가 무슨 말을 해도 앙금이 간단히 사라지지는 않을 거라고 생각했으니 이 정도 비아냥은 예상하고 있었다.

하지만.

"……어쩌면, 올바른 것도 잘못된 것도 표리일체. 종이 한 장 차이뿐일지 모르겠구나."

아버지는 무슨 뜻인지 알 수 없는 말을 하더니 몸을 일으켜 자리를 떴다.

……지금 한 말은 무슨 뜻이지? 아마 마키리 선생님도 똑같은 생각을 하고 계실 텐데, 그 답은 금세 알 수 있었다.

아버지는 어째서인지 만화책을 손에 들고 거실로 돌아와, 감개무량하게 중얼거렸다.

"피는 거스를 수 없다는 거겠지. ……우리는 역시 부자

지간, 비슷한 인간이야."

그러더니 손에 든 만화책을 책상 위에 놓았다.

나와 마키리 선생님은 당연히 거기로 시선을 옮겼다.

······그리고 나는 그 만화의 제목을 보고 말문이 막혔다.

『우리는 공부를 너무 못 해!』

『어째서 여기에도 선생님이?』

"아들아, 나는 너를 응원한다."

"머리가 어떻게 된 거 아냐······?"

내가 살면서 본 것중 가장 좋은 표정을 짓고 있는 아버지가 말했다. 나는 그 얼굴을 있는 힘껏 때릴 뻔했다.

"이거 선생님한테 고소당하면 재판에서 무조건 질 수밖에 없는 라인업인데, 알긴 하는 거야?"

"역시 연상 히로인은 좋아······."

감개무량한 표정으로 중얼거리는 아버지의 귀에는 내 말이 들리지도 않는 듯했다. 내가 경찰에 신고해야 할지 진지하게 고민하고 있자니,

"저기······, 이건 대체?"

라고 당황한 표정의 마키리 선생님이 그렇게 물었다.

"제 못난 아들의 애독서입니다."

라고 아버지는 눈을 날카롭게 빛내며 말했다.

"거짓말하지 마, 이건 아버지 거잖아?!"

"이건 확실히 내 거지만, 너는 전자책으로 샀겠지?"

"그걸 어떻게…… 알았…….""

"역시 샀군. ……부전자전이니까."

"유도심문이었나……!"

의기양양한 얼굴로 말하는 아버지를 상대로, 나는 경악을 감추지 못했다.

"그 태블릿 안에, 이 만화가……?"

옆에서 마키리 선생님이 그렇게 중얼거리더니 나를 보았다.

"토모키 군, 이 만화는 무슨 내용이니? 보아하니 연애만화인 것 같기는 한데."

"그래요, 학교 선생님이 히로인인 러브코메디 만화지요."

아버지가 시원스럽게 설명해 버렸다.

마키리 선생님은 한순간 '……엥?'라고 놀랐지만, 곧바로 헛기침을 하더니 평정을 되찾은 후에,

"……픽션이니까요. 읽는 사람이 현실과 혼동하지 않는다면 즐기는 건 개인의 자유라고 생각합니다."

차가운 시선을 보내면서 차분하게 대답했다. 하지만 아버지는 조금도 동요하지 않은 표정으로 대답했다.

"마키리 선생님. 저는 이제 무엇이 옳고 무엇이 틀렸는

지 아무것도 모르겠습니다. 그러니…… 부디 제 못난 아들놈에게 지도편달, 잘 부탁드립니다."

아버지는 그렇게 말하면서 갑자기 진지한 표정으로 고개를 숙였다. '말도 행동도 완전히 틀렸거든?'이라고 차마 지적하지 못하게 만드는 진지함에 나는 당황했다.

하지만 마키리 선생님은 그 말을 듣고, 자세를 바로잡더니 '물론입니다'라고 대답했다.

"……부디, 오래오래. 잘 부탁드립니다."

아버지는 마키리 선생님을 똑바로 응시하며 그렇게 말했다. 마키리 선생님도 역시 이건 예상하지 못했는지 의외로 동요하고 있었다.

그리고 나도 내 가족이 선생님한테 성희롱을 하는 꼴을 보고 동요하면서, 만약 재판이 열린다면 무조건 마키리 선생님한테 유리한 증언을 해야겠다, 라고 마음속으로 굳게 다짐했다──.

10
출발

여름방학도 며칠이 지나 8월이 되었다.

나는 등교하는 날도 아닌데, 이렇게 더운데도 오랜만에 학교로 향하고 있었다.

건물에 들어가 똑바로 학생회실로 향했다.

눈앞의 문을 노크하자 '들어오세요'라는 목소리가 곧바로 들려왔다.

그 목소리를 듣고 나는 문을 열었다.

"왔구나, 유우지."

"안녕. 다들 모여 있었구나."

이케가 내 얼굴을 보고 말을 걸었다.

학생회실에 있었던 다른 멤버들도 나에게 인사했다.

그들의 얼굴을 보면서 나도 인사로 답했다.

등교일도 아닌데 학교에 왜 왔냐면, 오늘이 전부터 얘기가 나왔던 학생회 합숙날이기 때문이다.

일단 학생회실에 모인 후에, 마키리 선생님이 운전하는 미니밴으로 출발할 예정이었다. 집합 시간까지 아직 10분이 남았는데, 학생회 소속인 이케, 타츠미야, 타나카 선배, 스즈키. 그리고 토우카.

마키리 선생님을 빼고 이 자리에 참가자 모두가 모여 있었다.

"아. 결국 타케토리 선배는 수험공부가 우선이라며 오지 않았어."

이케가 그렇게 말한 후에,

"좋은 아침이에요, 유우지 선배."

라고 토우카가 인사를 했다.

"안녕."

내가 토우카에게 대답하자 그녀는 어딘지 안심한 표정이었다. 내가 무사히 합숙에 참가한 게 기쁜 걸까, 라고 생각했지만…….

"아아, 토우카 양……."

안타깝다는 듯한 타츠미야의 목소리가 들렸다. 아무래도 토우카는 타츠미야가 집적거리는 와중에 내가 나타나서 안심했을 뿐인 듯했다.

그녀는 내 시선을 깨달은 듯했다.

불만스러운 눈빛을 보내는데……, 일단 무시하도록 하자.

"조금 이르지만, 다 모였으니까 마키리 선생님이 계신 곳으로 가자."

이케의 말에,

"내가 교무실에서 선생님한테 말씀드릴 테니까 다들 먼저 교문 앞으로 가서 기다릴래? 차를 그쪽으로 댈게."

"타나카 선배 혼자 보내는 건 불쌍하니까, 나도 같이 갈게~."

타나카 선배와 스즈키가 그렇게 말하자 이케가 고개를 끄덕였다.

"그럼 저희는 먼저 교문 앞으로 가 있을 테니까, 잘 부탁드려요."

둘은 이케의 말에 고개를 끄덕이더니 짐을 들고 먼저 밖으로 나갔다.

우리도 뒤따라서 학생회실에서 나왔다.

이케가 문을 잠그고 나서, 우리는 복도를 걸었다.

"와아, 그런데 역시 기대되네요."

옆에서 걷는 토우카가 밝게 말했다.

"의외네. 꽤 기대하고 있잖아."

"네, 엄청요! ……하사키 선배라는 방해꾼이 설치지 않는 것만으로도 최고예요."

정말로 좋은 웃음을 지으며, 토우카가 말했다.

"카나도 어디서 이야기를 들었는지 오고 싶다고 말했지만, 곧 테니스 대회가 있거든."

"게다가 하사키 양은 토모키 군이나 토우카 양과 달리

학생회 운영을 도와준 적이 없으니 저희 쪽에서 권유하지 않았던 거예요."

이케가 그렇게 설명하고, 타츠미야가 냉정하게 보충했다.

"아쉽지만, 그렇다면 카나가 못 오는 건 어쩔 수가 없겠네⋯⋯."

"아쉽지는 않지만, 어쩔 수 없죠! 아무튼 그래서 선배랑 합숙, 기대돼요!"

내 말에 토우카가 대답했다.

"⋯⋯후후, 그건 다행이에요. 저도 토우카 양이 합숙에 오신다는 이야기를 듣고, 정말로 기대하고 있었답니다."

"⋯⋯아, 그러셨구나~."

타츠미야가 끈적한 시선을 보내자 노골적으로 질색하는 토우카.

"제가 너무 열정적으로 대시한 걸까요? 회장님은, 어떻게 생각하시나요?"

"으음, 글쎄. 의외로 그냥 부끄러워서 그러는 게 아닐까?"

그리고 이번에는 뜨거운 시선을 이케에게 보내는 타츠미야.

이케는 상쾌한 표정으로 그저 웃기만 하고 있었다.

참고로 타츠미야는 내가 안중에도 없는지 말 한 번 걸지 않았다.

그리고 교문에 도착한 지, 몇 분이 지나.

미니밴 한 대가 눈앞에 정차했다.

운전석에서 내린 사람은 마키리 선생님이었다.

"다들 좋은 아침이야."

우리는 다들 마키리 선생님과 인사를 나누었다.

"짐은 뒤에 실어두렴."

그렇게 말한 후에, 마키리 선생님은 다시 운전석으로 돌아갔다.

곧바로 짐을 놓은 후에 차 안으로 들어가려 했지만……

좌석 배치를 보고 나는 한순간 고민했다.

셋째 줄에는 이미 타나카 선배와 스즈키가 앉아 있다.

남은 자리는 둘째 줄 3인석과 조수석뿐.

"토우카 양, 함께 앉을까요?"

"아, 저는 선배랑 같이 앉을 거라서요~."

내가 둘째 줄에 앉으면……, 토우카에게 간단히 패스당한 타츠미야가 불만을 품겠지.

타츠미야로서는 토우카와 이케 사이에 앉는 게 최고의 포지션일 것이다.

나는 이런 일로 타츠미야의 분노를 사고 싶지 않았기에,

"나는 몸이 크니까 조수석에 앉을게."

그렇게 말한 후에 곧바로 조수석에 앉았다.

"어……? ……그런가요. 그럼 저는 선배 뒤에 앉을게요."

토우카는 시시하다는 듯이 대답했지만, 그래도 괜한 떼를 쓰거나 하지는 않았다.

"그럼 회장님, 먼저 안쪽으로 들어가 주세요."

"알았어."

타츠미야의 말에 따라 운전석 뒤에 이케가, 조수석 뒤에 토우카가, 그리고 두 사람 사이에 타츠미야가 앉았다.

말없이 만족한 표정을 짓고 있는 타츠미야.

아무래도 그녀가 생각한 배치대로 된 듯했다.

아무튼 이제 출발할 수 있겠다는 생각에 마키리 선생님을 본 순간, 그녀와 눈이 딱 마주쳤다.

"저번 일은, 고마웠습니다. 덕분에 이렇게 무사히 참가했네요."

내가 뒷자리 사람들에게 들리지 않도록 작게 말하자, 마키리 선생님은,

"아냐, 화해할 수 있어서 다행이야."

어딘지 불편한 표정으로 그런 대답을 했다.

"……왜 그러시죠?"

내가 주뼛거리며 물었다. 선생님은 역시 아버지 일을 법정에서 해결할 생각인가 싶어서 마음의 준비를 하고 있자니, 조금 겸연쩍은 표정으로 대답하셨다.

"아냐, 그냥……."

"그냥?"

내 쪽을 보지 않고, 그녀는 주머니에서 스마트폰을 꺼냈다.

그리고 내 스마트폰이 진동으로 착신을 알리는 것과 거의 동시에, 마키리 선생님은 스마트폰을 넣었다.

"이제 출발할 테니까 다들 안전벨트를 매렴."

그 말대로 안전벨트를 맨 후에, 나는 스마트폰을 확인했다.

발신인은 마키리 선생님.

그 메시지 내용을 보고…….

[조수석에 남자를 태우는 건, 토모키 군이 처음이거든.]

저도 모르게 나는 그녀의 옆얼굴을 보았다.

곧바로 시선을 깨달은 마키리 선생님이, 곁눈질로 이쪽을 살펴보며 말했다.

"그렇게 빤히 쳐다보지 말아 줄래?"

불만스러운 표정을 짓는 마키리 선생님.

하지만 그 옆얼굴이 붉게 상기된 걸 보고, 말은 그렇게 해도 부끄러워하신다는 걸 알았다.

아무래도 아버지 일로 고소할 생각은 없으신 모양이라 한시름 놓았다.

"그렇게 하죠. 선생님이 운전에 집중하지 못하시면 곤란하니까요."

그런 식으로 짓궂게 대답하자,

"으으. 토모키 군, 요즘 너무 건방져진 것 같아……."

마키리 선생님은 상기된 얼굴로 입을 뾰로통하게 내밀고서 불평했다.

우리를 태운 차는 천천히 움직이기 시작했다.

차 안의 분위기는 평화로웠다. 특히 타츠미야는 흥에 겨워 이케와 토우카에게 말을 걸고 있다.

이케는 거기에 웃으며 답하고, 토우카는 쌀쌀맞게 대응했다.

그래도 굴하지 않고 토우카와 대화를 시도하는 걸 보니, 타츠미야는 상당히 강인한 멘탈의 소유자인 것 같다.

그리고 나는, 가끔 마키리 선생님의 주의를 환기시키려 말을 걸어 가벼운 대화를 나누었다.

그런 식으로 2시간 정도가 지나자, 자동차는 고속도로에서 빠져나와 산길을 오르기 시작했다.

"거의 다 왔어……. 다들 피곤하지? 곧 도착할 거야."

마키리 선생님의 말에, 우리는 창문에서 밖을 보았다.

이번 목적지는 모 현의 산 속에 있는, 폐교된 초등학교를 리노베이션한 숙박시설이다.

예전에는 교정이었던 주차장에 미니밴을 정차시켰다.

자동차에서 내려, 각자 짐을 가지고 교정으로 향했다.

"엄청 시골…… 이라기보다, 산이네요~."

"그러게 말야. 가장 가까운 편의점까지 차로 30분은 걸린대."

"우와~. 장난 아니네~."

길을 걸으면서 토우카와 그런 대화를 나누다 보니 어느새 학교 건물에 도착했다.

거기에는 인상 좋은 아저씨가 있었다. 이곳 직원인 모양이었다.

"만나서 반갑습니다. 이 '자연학교 미쿠라'의 스태프인 야마모토입니다. 스태프는 저 말고도 몇 명 더 있지만 여러분과 주로 대면하는 사람은 저뿐이니 잘 부탁해요. ……그런데 학생들밖에 없나요? 인솔교사는?"

아저씨, 아니, 야먀모토 씨가 당황한 표정을 지었다.

"안녕하세요. 제가 인솔교사인 마키리입니다. 이렇게 직접 인사드리는 건 처음이네요. 이틀 동안 잘 부탁드립니다."

마키리 선생님은 일단 웃고는 있지만 목소리가 굳어 있었다. 분명 교사로 봐주지 않은 데에 불만을 느끼신 거겠지.

"이거 실례했습니다! 너무 젊게 보이셔서 선생님이라고 생각을 못 했네요. 제 나이쯤 되면 대학을 갓 졸업한 선생님과 고등학생을 도무지 구분하기 힘들거든요. 너무 마음에 담아두지 마세요."

아하하, 라고 별 일 아니라는 듯이 웃는 야마모토 씨. 마음에 담아두지 말라는 건 마키리 선생님이 할 말 같은데…… 라고 생각하는 동안에 야마모토 씨가 말을 이었다.

"그럼 시설 내부의 간단한 지도를 드릴 테니, 각자 방에 짐을 놓아 주세요."

여기요, 라면서 종이 한 장을 건넸다.

남자는 1층에 있는 구 1학년 1반 교실이고, 여자 셋은 2층에 있는 구 2학년 1반, 마키리 선생님은 구 2학년 2반 교실이라는 방 배정이었다.

"……그럼 각자 방에 짐 풀고, 15분 뒤에 다시 모이도록 하자."

학생 취급받은 게 아직도 불만인 듯한 마키리 선생님이 그렇게 말씀하셨다.

우리는 그 말에 따라, 각자의 방에 짐을 놓았다.

그리고 남자 셋이서 아까의 장소로 돌아왔다. 거기에는 있던 야마모토 씨는, 내 얼굴을 보고 한 번 움찔하더니 아하하, 하고 분위기를 맞추려 웃었다.

대놓고 싫다는 표정을 짓지 않는 만큼, 섬세함은 부족해도 기본은 좋은 사람일지도 모른다고 생각했다.

여학생들과 마키리 선생님은 우리보다 조금 늦게 집합 장소에 왔다.

"다들 모였나요? 그럼 조금 이르지만 워크랠리를 시작하겠어요."

모두가 모인 걸 확인하고 마키리 선생님이 말했다.

그러자 야마모토 씨가 이번에도 우리에게 지도 한 장을 건네주었다.

그는 곧바로 설명을 시작했다.

"지금 모두한테 건네준 지도에 체크포인트가 있지요? 그 포인트마다 과제가 있습니다. 두 팀으로 나눠 그 과제를 풀고, 다시 한 번 이 자리에 돌아오세요. 참고로 설정 시간은 1시간 반. 이건 제한시간이 아니라 얼마나 1시간 반에 정확히 맞춰 돌아오는지가 포인트입니다. 물론 과제에도 배점이 있으니 제대로 풀어 주세요."

이건 미리 받은 자료에 적혀 있는 그대로다.

시간은 확인하지 못하게. 나중에 마키리 선생님이 스마트폰이나 시계와 같은 물건들을 맡아둔다고 되어 있다.

"그럼 멤버 말인데. 학생회 네 명은 함께인 편이 좋겠어. 너희의 연계력을 높이는 게 이번 합숙의 주된 목적이니까."

"아, 그럼 저랑 선배는 둘뿐인가요~?"

야마모토 씨한테 그렇게 물은 사람은 토우카였다.

"아니, 너희하고는 내가 동행할 거야."

그렇게 말한 사람은 놀랍게도 마키리 선생님이었다.

"……아, 그런 건가요오."

어딘지 시시하다는 듯이 토우카가 대답했다.

"그럼 질문 있는 사람? 없으면 나한테 스마트폰이랑 시계를 맡겨 줄 수 있겠니?"

마키리 선생님의 말에 모두가 고개를 끄덕이고, 그녀가 준비한 파우치 안에 물건들을 넣었다.

"그럼, 학교를 중심으로 시계 방향으로 도는 게 학생회 팀. 반시계 방향으로 도는 게 마키리 선생님 팀. 제가 1분 후에 신호할 테니 그때 출발해 주세요."

그렇게 말하고 야마모토 씨는 왼손에 든 스톱워치를 내려다보았다.

"잘 부탁드려요, 선배, 마키리 선생님?"

"그래."

"나야말로, 잘 부탁해."

토우카의 말에 나와 마키리 선생님이 대답한 후에…….

"자, 그럼, 스타트!"

야마모토 씨의 선언으로 워크랠리가 시작되었다.

"그럼 이따가 보자."

이케가 우리에게 말하고 나도 고개를 끄덕였다.

친목이나 연계력을 높이기 위한 가벼운 게임이다.

편안한 마음으로 해야지.

토우카도 그렇게 생각했는지, 명랑하게 웃으며 내 옆을

걸었다.

그러다가 마키리 선생님에게 말을 걸었다.

"선생님, 역시 평소 같은 정장 차림도 아니고 화장도 평소보다 연해서 그런지 젊어 보이세요~. 세일러복을 입어도 어울리지 않을까요?"

세일러복을 입은 마키리 선생님이라…….

조금 보고 싶은데. 내가 그렇게 생각한 순간에 마키리 선생님은 한숨을 푹 내쉬면서 말했다.

"선생님한테 그런 말은 실례라고 생각하지 않니, 이케양?"

"네? 젊어 보인다는 말을 들으면 기쁘지 않나요~?"

"사회에 나가면 꼭 젊어 보이는 게 좋다고 말할 수만은 없어. 그 중에는 젊다는 사실만으로 얕보는 사람도 있으니까."

……그래서 마키리 선생님은 평소에 어른스러운 화장을 하고, 옷도 격식에 맞춰 단정하게 입고 다니는 걸까? 나는 그렇게 생각했다.

"그런 사람은 질투해서 그러는 건 아닐까요?"

태평한 토우카의 말에 마키리 선생님은 의외로 상냥한 눈빛을 보내며 말했다.

"아냐. 너희가 이해하기에는 아직 이른 이야기였어. 신경 쓰지 말아주렴."

토우카는 '네에~'라고 대답했다.

그러는 동안에 첫 체크포인트에 도착했다.

장소는 신사. 계단을 올라가면 보이는 토리이 앞에 간판이 있고 거기에 과제가 쓰여 있다고 한다.

우리는 계단을 올라가 간판의 내용을 체크했다.

'지금 올라온 계단은 몇 단이었을까요?'

과제 자체는 간단했다.

우리는 내려가면서 계단 수를 세면서, 그걸 종이에 적었다.

이런 과제가 계속되는 걸까?

이런 거라면 연계력이 높아질 정도는 아닌 것 같은데…… 라고 생각했지만, 목적을 갖고 1시간 반이나 걷는다면 연계력도 자연스럽게 높아질지 모른다는 생각도 들었다.

우리는 다음 체크포인트로 향하기로 했다.

☆　☆　☆

그리고 1시간을 조금 더 넘겨, 무사히 목적지인 학교 건물까지 돌아왔다.

골에서는 야마모토 씨가 '고생했어요'라고 말을 걸고, 우리에게 컵에 든 보리차를 나눠주었다.

그리고 조금 늦어서 학생회 팀도 도착했다.

마찬가지로 마실 것을 나눠주고, 각 팀이 과제를 푼 종이를 회수했다.

두 팀밖에 없기에 야마모토 씨가 그 자리에서 간단히 채점을 하고, '음, 두 팀 다 만점이구나'라고 기쁘게 중얼거렸다.

그리고 이렇게 말을 이었다.

"그럼 남은 건 시간인데⋯⋯. 마키리 선생님 팀이 1시간 28분 48초, 아깝구나!"

오오, 우리는 그 결과에 놀랐다.

대단한데, 거의 설정시간대로야. ⋯⋯라고 생각했지만.

"하지만 학생회 팀은 더 대단하네! 정확하게 1시간 30분! 완벽한 승리구나, 축하한다!"

야먀모토 씨가 그렇게 말하고 박수를 보냈다.

해보고 알았는데, 시계도 없는데 정확한 시간에 도착하는 건 보통은 불가능하다.

아마 우연이거나⋯⋯ 역시 이케. 타고났다니까.

나는 기뻐하는 학생회 팀을 보며 박수를 보내고, 역시 연계력은 높아졌을 거라고 생각했다.

☆　☆　☆

이미 시간은 저녁이 다 되었다.

장소를 중앙정원으로 옮겨, 여기서부터는 두 번째 프로그램이다.

마키리 선생님이 우리에게 선언했다.

"그럼 여러분. 이제부터 반합으로 식사 준비를 할 거예요."

저녁에는 우리가 카레와 샐러드를 만들기로 되어 있었다.

"식재료는 준비해 놓았고, 장작도 준비해 놨지만, 장작을 패야 하니까 조심하도록 하렴. 불 피우는 법을 모른다면 야마모토 씨한테 물어보고."

"장작 패기도 불 붙이기도, 내가 잘 도와줄 테니까."

마키리 선생님이 야마모토 씨에게 시선을 보내자 그는 사람 좋게 웃으며 말했다.

"……그럼, 맛있는 카레를 기대하고 있을게."

마키리 선생님이 온화하게 웃으며 그렇게 말했다.

그리고 우리는 일단 역할을 정하기 위해서 모였다.

"반합으로 밥하기라니, 초등학교 캠프 이후 처음이라서 제대로 할 수 있을지 불안하네요~."

토우카가 말하자 '잘 되도록 모두 함께 힘내요'라고 방긋 웃는 타츠미야.

"그럼 역할은 어떻게 나눌까?"

이케가 말하자,

"일단 카레 조랑 반합 조로 나누죠. 장작은 타나카 선배랑 토모키 군이 맡고. 그러는 동안에 스즈키 양이 쌀을 씻고, 반합에 불을 때고 나면 상태 체크는 토모키 군, 타나카 선배와 스즈키 양이 샐러드를 만들고 카레는 저랑 회장님, 그리고 토우카 양이 만드는 것……은 어떨까요?"

타츠미야가 그렇게 제안하자,

"나는 타츠미야 의견에 찬성."

"나도 그걸로 이의 없어~."

타나카 선배와 스즈키가 그 제안에 흔쾌히 찬동했다.

"……으으음."

토우카만 떨떠름한 표정으로 나를 살펴보았다.

"왜 그래, 토우카?"

토우카는 도시락을 만들어준 적도 있고, 요리를 못하는 건 아니다.

그런데 왜 고민하는 걸까?

……그렇게 타츠미야와 같은 팀인 게 싫은가?

"……아뇨, 아무것도 아니에요. 저도 그 역할 배정 괜찮아요."

"그럼 이제부터 조리를 시작할까."

"잘 부탁드려요, 회장님. 토우카 양."

황홀한 표정으로 이케와 토우카에게 말하는 타츠미야.

그러고 보니 이 녀석, 그 짧은 시간에 혼자만 이득을 보는 조 편성을 완료했잖아…….

타츠미야의 노회함에 나는 혀를 내둘렀다.

그 후로는 야마모토 씨의 감독하에 타나카 선배와 함께 장작을 패고 불을 지폈다.

"오옷, 토모키 군. 불을 상당히 능숙하게 붙이는구나. 아웃도어 취미라도 있니?"

"아뇨. 만화랑 유튜브로 봤을 뿐이에요. 의외로 잘 되어서 스스로도 놀랐네요."

느긋한 캠핑 만화와 예능인의 담백한 캠프 동영상으로 얻은 지식을 풀가동한 결과를 보고, 타나카 선배가 감탄했다.

"오오, 그렇구나."

"토모키 군 정말 잘하는구나. 타나카 선배는 인도어파니까 어쩔 수 없잖아요……."

반합을 가지고 온 스즈키가 그렇게 말했다.

그녀는 '명복을 빕니다'라고 타나카 선배의 어깨를 가볍게 두드렸다.

"말 한번 지독하게 하네……. 그럼 우리는 이제부터 샐러드 만들자."

"그래요. 그럼 토모키 군, 잘 부탁해."

둘은 그렇게 말하고 취사장으로 향했다.

사이가 좋네, 저 두 사람. 나는 그들의 뒷모습을 바라보며 그런 생각을 하고, 내가 맡은 불 피우기에 집중했다.

그리고 이케를 중심으로 식사 준비는 순조롭게 진행되어, 무사히 카레가 완성되었다.

야마모토 씨도 포함해 모두에게 카레를 나눠주고 먹어보니…….

"……와아, 맛있다."

반합으로 만들었다는 생각이 안 들 정도로 맛있는 카레였다. 이건 아마 이케의 수완 덕분이리라.

"회장님, 요리까지…… 멋져."

타츠미야가 황홀한 표정으로 그렇게 중얼거리는 걸 보면, 아마 틀림없겠지.

☆　☆　☆

각자 씻고 나서 취침 전까지 자유시간이 주어졌다.

다른 멤버들은 방에서 타나카 선배가 준비한 보드게임을 하면서 노는 듯했지만, 나는 일단 밖으로 나가기로 했다.

낮보다는 꽤 시원해졌다.

벌레 우는 소리를 들으며, 나는 밤하늘에 가득 뜬 별을 올려다보았다.

수많은 별들이 반짝이는 가운데, 그 중에서도 더욱 눈에 잘 들어오는 여름의 대삼각형.

그것을 바라보면서 나는 피로를 느끼고 있었다.

육체적인 피로는 대단하지 않다.

하지만 나는 초등학교 중학교 때의 숙박 행사에서 언제나 단독행동만 했기에, 이렇게 하루 종일 남과 함께 지내본 적이 없다.

다들 나에게 호의적이라고 해도, 아무래도 신경이 쓰인다.

아마 지금 내 피로는 그게 원인이겠지.

그런 식으로 생각하고 있자니,

"앗, 차거!"

갑자기 내 뺨에 차가운 캔이 닿았다.

"아핫, 너무 크게 놀라는 거 아닌가요, 선배?"

그렇게 말하며 내 앞에 앉은 사람은 토우카였다.

"드세요. 커피가 없어서 주스로 사왔지만요."

"아냐, 괜찮아. 고마워."

그렇게 대답하고 그녀가 내민 캔을 받았다.

"그럼, 건배~."

그러면서 내 캔에 자기가 든 캔을 부딪치는 토우카.

나는 한 마디 '오우'라고만 대답했다.

토우카는 주스를 한 모금 머금고 내 표정을 엿보며 물었다.

"……피곤하셨나요, 선배?"

"응, 조금은. ……토우카는 다른 사람들이랑 함께 있지 않아도 돼?"

내가 묻자 토우카는 부드럽게 웃으며 말했다.

"괜찮지 않을까요? 저는 학생회 소속도 아니고 외부인 같은 거니까요. 게다가…… 선배랑 좀 더 대화하고 싶거든요."

토우카의 말을 듣고 나도 웃었다.

아무리 괴물 같은 친화력을 가진 토우카라고 해도, 어쩌면 조금은 피곤했을지도 모른다.

"그리고 보면 카레 만들 때 팀 배정이 마음에 안 드는 것처럼 보이던데, 그렇게 타츠미야랑 함께 있는 게 싫어?"

"아, 그거요? ……듣고 싶으세요?"

나에게 도발적인 시선을 보내는 토우카.

"네가 괜찮다면."

"사실은 같이 작업하고 싶었지만, 그래도 제가 내내 붙어 있으면 선배가 다른 사람들이랑 친해지는 데에 방해될지도 모른다고 고민했거든요."

자랑하는 듯한 표정으로 말한 후에,

"……기쁘신가요?"

애교 넘치는 웃음을 지으며 물었다.

"……그렇다면 타츠미야랑 같은 조라서 싫은 건 아니었

다, 라는 거구나."

"아아, 선배 진짜 짓궂어! 이런 때는 솔직하게 기쁘다고 말씀해 주셔야죠! ……뭐, 확실히 그 사람이랑 같이 작업하는 건 조금 거부감이 있었지만요!"

그러자 살짝 속마음을 드러내는 토우카.

그러더니 갑자기 입을 다물고 고개를 들어 밤하늘을 바라보았다.

나도 그 시선을 따라 하늘을 올려다보았다.

잠시 그대로 가만히 있다가.

"……다행이에요, 선배랑 같이 여기에 올 수 있어서."

옆에서 토우카가 그렇게 말했다.

그리고 천천히 말을 이었다.

"저는 선배랑 수학여행 같은 걸 함께 갈 수는 없으니까요. ……이렇게 함께 숙박할 기회가 생겨서, 정말로 즐거워요."

그 진지한 목소리를 듣고, 나는 옆에 앉은 토우카를 보았다.

그녀는 똑바로 이쪽을 보고 있었다.

"선배는, 즐거우셨나요?"

그리고 미소를 지으며 물었다.

나는 그 시선과 미소를 보고 갑자기 창피한 기분이 들었다.

"나도 즐거웠어. 분명히 토우카가 있어서겠지."

그 말을 듣고, 토우카는 나를 올려다보며 이렇게 말했다.

"오호라, 선배. 이거 완전히 저를 함락시키려는 수작인데요? 드디어 저를 좋아하게 되어버리신 건가요?"

달콤한 목소리로 아양 떨듯 말하는 토우카.

마구 놀려대는 그녀에게 나는 어깨를 으쓱했다.

"그런 건 아니지만."

내가 말하자 '호오~'라고 중얼거리면서, 내 손을 잡아 자기 머리 위에 얹었다.

감촉이 좋은 머릿결을, 나는 반사적으로 쓰다듬었다.

"……왜 그래?"

단순한 의문을 입에 담자, 그녀는 씨익 웃더니 나에게 대답했다.

"선배는 제 연인이니까, 이렇게 밤하늘 아래에서 좋은 무드가 형성되었을 때는, 머리 정도는 자상하게 쓰다듬어 주시지 않으면 곤란하거든요?"

그녀의 말을 듣고, 이건 나를 반하게 만들려는 행동의 일환이라는 걸 이해했다.

하지만 머리 쓰다듬는 걸 허락할 만큼 나를 신뢰해 주는 건, 기쁜 일이라고 생각했다.

"뭐, 그럼 어쩔 수 없네……."

언제나 하는 것처럼 '가짜' 연인이지만, 이라는 농담을 하는 대신 나는 그녀의 윤기 나는 머리카락을 쓰다듬었다.

"어, 어쩐지 평소보다 고분고분하시네요……, 흐읏!"

갑자기 부끄러워하는 토우카를 보고, 나도 당황했다.

"여, 역시 싫었던 거 아냐?"

나는 저도 모르게 토우카의 머리에서 손을 떼려 했지만,

"네, 네에? 그럴 리가 없잖아요?!"

그녀는 내 손을 꽉 붙들었다.

서로 시선이 교차하고, 그리고……, 피했다.

창피함이 밀려든 건 서로가 마찬가지인 모양이다.

말없이 시간만 흘렀다. 하지만 결코 이 자리가 불편하지는 않았다. ……나는 다시 한 번, 그녀의 머리카락을 상냥하게 쓰다듬었다.

또 야유를 들을지도 모른다고 생각했지만, 토우카는 아무 말 하지 않았다.

신기하게도 조금 전까지 느끼던 피로감은 어느새 자취를 감추었다.

11
작별

다음 날.

오전 7시에 기상.

중앙정원에 집합해서 라디오 체조를 한 후에 아침을 먹었다.

메뉴는 소박하게 주먹밥과 톤지루, 그리고 달걀말이였다.

주먹밥은 토핑 없이 심플하게 소금으로 맛만 냈지만, 달걀말이와 톤지루의 조합이라는 걸 생각하면 나는 이게 정답이라고 생각한다.

실제로도 정말 맛있었다.

남학생들이 아침부터 기세 좋게 음식을 먹어치우자,

"아하하, 남학생들은 맛있게 먹어주는구나! 나도 만든 보람이 있어. 더 먹으려면 얼마든지 얘기하렴."

쾌활하게 웃으면서 야마모토 씨가 말했다.

과연, 이 아침식사는 야마모토 씨가 준비한 건가······.

내 마음속에서 야마모토 씨의 주가가 급상승한 순간이

었다.

아침식사 정리를 끝내고 우리는 장소를 옮겼다.

오늘은 점심까지 교실 하나에 모여 토론을 할 예정이다.

의제는 '학교생활에 있어서의 문제점과 개선책에 관하여'였다.

학생회 임원과 마키리 선생님뿐 아니라, 나와 토우카도 참가하기로 되어 있었다.

교실에 도착하자 이케의 사회로 토론이 시작되었다.

가끔 일반학생으로서 의견을 요구받기도 했지만, 솔직히 말해서 나는 학교생활에 불편을 느끼는가 이전의 문제가 많기 때문에 '응, 그렇지'라고 대답하는 수밖에 없었다.

옆에 앉은 토우카는 어떠냐면, 발언을 요구받을 때마다 학생회 외부 학생으로서 대표적인 의견을 말해 그것을 계기로 모두의 토론을 뜨겁게 달구고 있었다.

나와 천지차이인 의사소통 능력에 감탄해 토우카의 옆얼굴을 보고 있자니, 그녀는 살짝 찌푸린 표정으로 말했다.

"저기, 선배. 이쪽 너무 보시는 것 같은데요……."

"아, 미안해."

나는 곧바로 사과하고 시선을 피했다. 확실히 너무 흘끔거린 것 같다고 반성했다.

하지만 토우카는 더욱 언짢은 목소리로, 작게 말했다.

"아뇨. 딱히 싫어서 그렇다는 건 아니고요. 조금 창피해서⋯⋯."

그 말에 나는 다시 그녀를 보았다.

예쁜 갈색 머리카락 끝을 손끝으로 만지작거리며, 나와 시선이 마주치지 않도록 피하고 있다.

어제는 조금 흥분했는데, 다시 생각하니 그건 그것대로 창피한 짓을 했다는 생각이 든다.

⋯⋯어쩐지 나도 부끄러워졌다.

나는 '그러게'라고 짧게만 대답했다.

☆　☆　☆

그리고 뜨거운 토론이 조금 더 진행된 후에 일정이 종료되었다.

나는 내내 토론에 제대로 끼지 못했지만, 학생회 임원들이 얼마나 학교 운영에 진지하게 임하고 있는지는 외부자인 나에게도 충분히 잘 전달되었다. 도움이 될 만한 의견을 내지 못한 게 아쉽지만, 다들 기운 넘치는 표정을 짓고 있는 걸 보니 유의미한 자리였다는 건 확실해 보였다.

점심시간이 되어 교실을 이동하자, 이미 점심 준비가 되어 있었다.

메뉴는 민물고기 소금구이와 채소 튀김, 그리고 소면이

었다.

여전히 생선을 구운 정도나 채소의 간은 완벽했다.

"아하하, 아직 많이 있으니까. 많이들 먹으렴~."

요리한 사람은 물론 야마모토 씨.

이 순간, 내 위장은 야마모토 씨에게 완전히 사로잡혔다.

☆　☆　☆

이렇게 합숙의 모든 일정이 종료되었다.

이제는 마키리 선생님이 운전하시는 차를 타고 학교에 돌아가는 것뿐이다.

"다들 고생 많았어요. 돌아갈 때까지가 합숙이라고들 하죠. 다들 조심하세요."

익숙한 격언을 말해주는 야마모토 씨에게 우리는 작별 인사를 했다.

안녕, 야마모토 씨.

나는 분명 당신과 당신이 만들어준 요리를 잊지 못할 거예요…….

야마모토 씨와 작별 인사를 끝마친 후에, 이번에는 차에 짐을 싣고 올라탔다.

차 안의 좌석 배치는 갈 때와 같았다.

나는 마키리 선생님 옆 조수석에 앉아 있었다.

갈 때와 다른 건, 합숙의 피로 때문인지 차가 달리기 시작하자 나와 마키리 선생님을 제외한 모두가 금세 잠들었다는 점이었다.

타츠미야는 옆에 있는 토우카에게 몸을 기대고 행복한 표정으로 자고 있다.

"……고생했어, 토모키 군. 괜찮으니까 너도 좀 자두렴."

운전 중이기에 앞을 바라보면서, 마키리 선생님이 나에게 말했다.

"저는 딱히 피곤하지는 않으니까요."

솔직히 조금 졸린 건 사실이지만, 그래도 선생님이 졸음운전하지 않게 말상대 정도는 되어드리고 싶다고 생각했다.

"그래."

마키리 선생님은 그렇게만 중얼거렸다.

그리고 잠시 지나 다시 입을 열었다.

"……이번 합숙은, 어땠니?"

"밥도 맛있었고, 무엇보다 즐거웠어요. 좋은 경험이 되었습니다."

익숙하지 않은 부분도 많았지만, 그것도 신선한 경험이 되어서 좋았다고 지금은 생각한다.

어제 토우카에게 했던 말대로 피곤한 부분도 있었지만, 역시 이번 합숙은 즐거웠다.

"그랬구나. 그럼 다행이야."

내 대답을 듣고 선생님은 온화한 목소리로 그렇게 말씀하셨다.

토우카도 그렇고 마키리 선생님도 그렇고, 이렇게 신경 써주는 건 정말로 창피하고 부끄럽지만.

──역시, 기쁘긴 하다.

☆ ☆ ☆

합숙에서 돌아온 날 밤, 시각은 21시 이전.

내 방에서 느긋하게 쉬면서 '우승'이 유행어인 요리 유튜버의 동영상을 보고 있자니, 스마트폰에 착신이 왔다.

마키리 선생님에게서 온 메시지였다.

무슨 일일까? 그렇게 생각하면서 통화 수락을 눌러 전화를 받고 보니…….

"토모키 군인가요? 마키리입니다."

어딘지 비장함이 느껴지는 목소리로 그녀가 물었다.

"네. 무슨 일이시죠?"

"나는 지금, 지금 공원에 있어. 그러니까…… 집합이야!"

떨리는 목소리로 선언한 마키리 선생님.

"네?"

"푸념하고 싶은 게 있는데, 들어줄 수 있지?"

그녀는 떨리는 목소리로 나에게 물었다.

그리고 생각이 미쳤다.

……아, 이거 술이 들어갔군, 마키리 선생님.

"알겠습니다, 지금부터 갈게요."

"기다리고 있을게."

라는 마키리 선생님의 말을 듣고 통화를 끊었다.

그리고 나는, 실내복을 입은 채로 선생님이 기다리시는
장소로 향했다.

☆ ☆ ☆

"……기다리고 있었어."

나를 맞이한 사람은 그때의 고백보다 조금은 멀쩡해 보
이는 마키리 선생님이었다.

선생님은 쓸쓸하게 그네에 혼자 앉아 있었다. 평소의 쿨
한 마키리 선생님에게는 어울리지 않는다고 생각하지만,
지금의 얼빠진 그녀에게는 어째서인지 잘 어울렸다.

"뭘 하고 계시는 거죠?"

"술을 깨려고 그네를 탔는데. ……실수했나 봐, 흔들려

서인지 더욱 속이 안 좋……, 우욱!"

그렇게 생각하고 괴로운 표정으로 입가를 가리는 마키리 선생님.

……그네를 타다가 자멸하다니, 내 생각보다 더 얼빠진 사람이었네.

"마키리 선생님, 일어서실 수 있나요? 부축해 드릴 테니 빨리 집으로 가시죠."

나는 얼빠진 마키리 선생님에게 손을 뻗었다.

그녀는 내 손을 잡고 일어섰다. 비틀거리며 내 팔에 달라붙었다.

"미, 미안해."

창피해하면서 고개를 숙이고 말하는 마키리 선생님의 그 모습은 가련했지만, 의외로 술 냄새가 심해서 매력은 반감되었다.

나는 엉거주춤한 자세로 선생님에게 어깨를 빌려주고, 함께 그녀의 맨션을 향해 걷기 시작했다.

"일단 나 좀 칭찬해 줄래? ……너무 늦게 전에 너를 불렀으니까."

"정말로 늦기 직전 아슬아슬한 타이밍이었던 것 같지만요. ……그건 그렇고, 혼자서 이렇게 엉망이 될 때까지 드신 건가요?"

"너무하네, 그렇게 마시진 않았거든? 아까도 말했지만

그네를 타다 보니 술기운이 올랐을 뿐이야."

"그쪽이 더 얼빠진 거잖아요……."

내가 지적하자 선생님은 뺨을 부풀리고는 비난하듯 말 없이 나를 바라보았다. 그 모습은 가련했지만 의외로 술 냄새가 심해서 역시 매력은 반감되었다.

……일단, 왜 내가 호출되었는지 그 사정부터 듣기로 했다.

"저기…… 푸념하실 게 뭔가요?"

"……모르는 거니?"

얼굴을 붉히고서, 비난이 담긴 시선을 보내는 마키리 선생님.

잠깐 생각해 보았지만…… 짚이는 구석이 없었다. 나는 고개를 갸웃거리며 대답했다.

"나도, ……고 싶었어."

중얼, 고개를 숙이고서 마키리 선생님은 중얼거렸다.

"……뭘 하고 싶으셨나요?"

내가 묻자 그녀는 얼굴을 들고 내 눈을 똑바로 바라보며 말했다.

"나도, 너희들 같은 청춘을 보내고 싶었어……!"

울상을 짓고서 묻는 마키리 선생님.

나는 저도 모르게 멍한 표정을 지었다.

그 온화한 표정으로 '그래. 그렇다면 괜찮아'라고 말해

주던 멋있는 마키리 선생님은 어디로 가버린 걸까……,
의외로 진지하게 그런 생각이 들었다.

"아, 그럼 슬슬 돌아갈까요."

먼 눈을 하고서 나는 마키리 선생님에게 말했다.

"돌아가잔 소리나 할 때가 아니야."

취했는데도 마키리 선생님은 냉정하게 지적했다. 그러
더니 그녀는 목소리에 압력을 담아서 말하기 시작했다.

"타나카 군이랑 스즈키 양은 아주 깨가 쏟아지고, 타츠
미야 양은 이케 군이랑 대화만 해도 행복해 보이고. ……
너랑 이케 양도 분위기가 좋고. ……다들 너무 청춘을 구
가하고 있다고!"

타나카 선배랑 스즈키는 마키리 선생님이 보기에도 그
랬나보다.

그렇게 생각하면서, 나는 마키리 선생님의 말에 딴죽을
걸었다.

"아니, 하지만 마키리 선생님은 저랑 토우카가 '가짜' 연
인이라는 걸 알고 있잖아요?"

그러자 흐리멍덩한 눈빛을 이쪽에 보내더니, 무뚝뚝한
표정으로 마키리 선생님은 말했다.

"둘이서만 밤하늘을 올려다보거나, 몸을 기대고서 머리
를 쓰다듬은 것도 '가짜' 연인 사이라서 한 거야?"

"아니, 그건……. 그보다, 보고 계셨군요."

뭐라고 대답해야 좋을지 몰라 입을 우물거린 후에, 마키리 선생님한테 되물었다.

그녀는 질렸다는 듯이 하아, 하고 한숨을 내쉬었다.

"……너희를 찾으러 갔을 때, 봤지."

그 모습을 보셨을 줄은. 왠지 갑자기 창피해졌다.

마키리 선생님은, 이쪽을 흘끔 본 후에 이어서 말했다.

"기분만 놓고 보면 세 쌍의 커플 속에 끼어 있는 독신하나. 하지만 나이는 내가 최연장자. 으으……."

그렇게 중얼거린 후에,

"나는 학생 때 남자아이랑 스킨십은 물론이고 대화해본적조차 거의 없었는데……."

"학생 때의 마키리 선생님은, 어떤 느낌이었나요?"

화제를 돌릴 수 있을 것 같은 타이밍이라, 나는 곧바로질문을 날렸다.

그러자 생각에 잠긴 모습을 보인 후에,

"……말하려니 좀 그러네. 비밀이야."

흥 하고 고개를 돌리고서 마키리 선생님은 말했다.

아쉽게도, 화제를 돌리는 데에는 실패한 듯했다.

"게다가……, 꼭 이렇게 멘탈이 엉망일 때만 골라서 아버지가 결혼 이야기를 꺼내거든."

"그렇게 싫으신가요? 선 보라는 이야기 같은 것도 하시나요?"

내 질문에 마키리 선생님은 고개를 숙이더니, 천천히 고개를 흔들었다.

"그래. ……하지만 그것 자체가 싫다는 건 아니야. 선을 봐서 만난 상대랑 결혼해서 행복하게 사는 사람도 많이 있으니까. 하지만 나는……."

마키리 선생님은, 말할까 말까 망설이는 듯한 낌새를 보이더니,

"한 번이라도 좋으니까, 평범한 연애를 해보고 싶어."

그러더니 자학적인 웃음을 지으며 나에게 물었다.

"저기, 토모키 군. 모태솔로 경력=나이인 나를 꼴사납다고 생각하니?"

"……몇 년 전 데이터지만, 이성교제 경험이 없는 20대 여성이 전체의 30퍼센트에 달한다는 모양이니 그렇게 드문 것도 아니에요."

나는 스마트폰으로 조사한 데이터를 말해주었다.

"나는 토모위키가 아니라 토모키 군 본인의 의견을 듣고 싶은 거야!"

"저도 꼴사납다는 생각은 안 하는데요……. 어차피 저도 모태솔로 경력=나이인 건 똑같잖아요? 그보다 토모위키는 뭔가요?"

"귀여운 후배가 졸졸 따라다니고, 귀여운 소꿉친구가 좋아서 어쩔 줄 모르는 토모키 군한테 그런 말을 들어도

좀 그런데, 응?"

멍한 눈빛으로 나를 바라보는 마키리 선생님.

"아, 벌써 맨션이 보이기 시작하네요."

마키리 선생님이 사는 맨션이 눈에 들어왔다. 이걸 계기로 나는 이야기를 마무리하고 걸음을 서둘렀다.

방까지는 금세 도착했다. 선생님께 부탁해 로비 오토록을 해제하고 엘리베이터를 타서 집 앞까지 데리고 갔다.

마키리 선생님에게서 카드키를 빌려, 문을 열었다.

"여기까지면 괜찮아. ……역시, 그렇게 몇 번이고 방 안에 들이는 건…… 좋지 않겠지?"

"이제 와서 그런 소리는 늦어도 너무 늦었다는 생각이 들지만……. 맞는 말이기는 하네요."

그렇게 대답하면서 무사히 방 안으로 들어갈 수 있는지 지켜보았더니, 현관에 있는 얕은 단차에 다리가 걸려 손을 바닥에 짚었다.

"……괜한 참견이라는 건 알지만, 안에까지 들어갈게요."

나는 곧바로 전언을 철회하고, 신발을 벗으면서 비틀거리는 마키리 선생님에게 그렇게 말했다.

"고, 고마워. 잘 부탁해."

나는 그녀의 손을 잡고 방 안에 들어갔다.

그 후로, 무사히 마키리 선생님을 침대에 앉혔다.

"나 왔어어……."

그리고 베갯머리에 놓인 조니를 곧바로 꽉 껴안고 쓰다듬는 마키리 선생님. 그 모습은 가련했지만 역시 술 냄새가 지독해서…… 이 이상의 설명은 생략한다.

"그럼 전 이만……."

나는 방을 나가려고 등을 돌렸지만,

"저기, 토모키 군."

마키리 선생님은 나를 불러세웠다.

"나를 꼴사납다고 생각한다면…… 이케 양한테 했던 것처럼, 내 머리를 쓰다듬어주지 않을래?"

엄청난 시간차를 두고 이게 날아오다니. 그 이야기는 다 끝났다고 생각해 방심하고 있었다.

"……딱히. 꼴사납다는 생각 안 하니까 쓰다듬지도 않을 건데요?"

"……어쩔 수 없네. 그렇다면……."

마키리 선생님은 침대에서 몸을 일으키더니 비틀거리는 발걸음으로 나를 마주보고 섰다.

그러더니 손을 홱 드셨다. 무슨 일인가 하고 생각해, 나는 그녀의 팔을 잡았다.

"……뭘 하실 생각이시죠?"

"네 머리를 쓰다듬을 거야! ……당연하잖아?!"

그렇게 소리치는 마키리 선생님은 당연히 엄청나게 얼

빠진 모습이었다.

"당연하지 않죠. 그보다 대체 왜 그런 발상을 하게 되신 거죠……?!"

그녀의 표정을 보고, 내가 나쁜 걸까? 라고 생각해 버리게 되었다. ……아니, 내 잘못은 아니군.

나를 그렁거리는 눈빛으로 바라보는 마키리 선생님.

시선을 피한 후에 한 차례 심호흡을 했다.

그리고 선생님의 손을 떼고, 그녀를 침대로 데리고 갔다.

"잠깐, 토모키 군……?!"

허둥거리며 당황하는 마키리 선생님.

그건 평소의 쿨한 모습과도 다르고, 술에 취해 얼빠진 모습과도 달랐다.

……너무나 귀엽게 보여 곤란하기 그지없었다.

하지만 나는 머리를 흔들어 떨쳐내고, 베갯머리에 놓여있던 조니를 마키리 선생님께 떠넘기고 나서 말했다.

"일단, 술기운에 맡겨 제 머리를 쓰다듬더라도 내일이 되면 후회하실 게 훤히 보인다고요. 오늘은 이만 갈 테니까 술이 다 깬 후에도 하고 싶으시다면 그때 다시 생각해 볼게요."

나는 그렇게 대답하고 카드키를 집었다.

"아, 문은 잠그고 나서 우편함에 넣어둘 테니까 내일 회수해 주세요."

그 후에, 마키리 선생님의 말을 듣지 않고, 나는 신발을 신고 밖으로 나왔다.

문을 잠그고 그대로 우편함에 투입.

역시 평소에는 보여주지 않는 그 귀여운 표정은, 술 때문에 반감되었다고는 해도 너무 매력적이라서 비겁하다고 나는 돌아오면서 생각했다.

☆　☆　☆

다음날 아침.

[어제는, 민폐를 끼쳐서 정말로 미안했어.]

스마트폰을 확인하니 메시지가 와 있었다. 아무래도 어제 일을 제대로 기억하는 듯했다.

나는 '하아'하고 한숨을 내쉰 후에,

[뭔가, 해명하실 내용 있나요?]

라고 물었다.

[아무것도…… 없어.]

[정말 미안해.]

연속해서 메시지가 날아왔다. 그 문장에서는 마키리 선생님의 미안한 마음이 강하게 전해졌다.

그만큼이나 취했는데도 기억을 잃지 않았다는 건, 실은

내가 생각한 만큼 심하게 취하지 않았던 걸지도 모른다.

……그렇다고 해도 내가 설교를 한다는 사실에 변함은 없지만.

다시 한 번 한숨을 내쉰 후에, 마키리 선생님에게 메시지를 보냈다.

[하고 싶은 말이야 여러 가지 있지만. 일단 하나, 명심해 주셨으면 하는 게 있어요.]

[푸념하고 싶은 일이 있을 때는, 술에 취하기 전에 해 주세요.]

아까보다 대답에 시간이 더 걸렸다. 어쩌면 내가 다음 메시지를 작성중일지도 모른다는 생각에 상황을 살피고 있는지도 모른다.

하지만 그렇지는 않은 것 같다고 생각하셨는지,

[……역시, 그렇게 하면 민폐가 아닌 걸까?]

라고 마키리 선생님이 보내왔다.

[술 마신 후에는 확실하게 민폐인데, 이제 와서 할 말은 아니지 않나요?]

[……어떻게 할 말이 없네. 한심하다, 나는 교사이고 너는 학생인데도.]

깊이 반성하는 태도였다.

그렇게 심각하게 받아들일 필요까지는……이라고 약간은 생각했지만, 그 말을 지금 전한다고 해도 이 상황의 마키리 선생님이 받아들여줄 것 같지도 않았다.

뭐라고 대답할지 고민하느라 몇 분이 지났을 때쯤,

[……나는, 네 상냥함에 어리광부리고 싶다고 생각하는 거니까.]

마키리 선생님에게서, 그런 메시지가 왔다.

기본적으로 나는 의지 받는 경우가 적다. 하물며 연상의 어른한테는 이게 처음이라고 말해도 무방할 것이다.

그래서 그런 것이겠지.

[평소에 저는 선생님께 워낙 신세를 많이 졌으니까, 그 은혜를 갚을 수 있다면, ……저야 싫지는 않지만요.]

이런 미지근한 답변을 하고 말았다.

[네. 그럼 앞으로도 의지하게 해주세요. ……알겠죠, 토모키 선생님?]

마키리 선생님에게서 받은 메시지를 보았다. 분명 지금 스마트폰 너머에서 그녀는 장난스러운 웃음을 짓고 있겠지.

……안쓰럽게도 마키리 선생님은, 본격적으로 '토모키 선생님'이 마음에 든 모양이었다.

수신한 메시지를 보면서, 나는 마음속으로 쓴웃음을 지었다.

12

소꿉친구가 절대로 지지 않는 대회

햇빛이 강렬하게 내리쬔다.

한여름의 무더위 때문에 내 이마에 한 줄기 땀이 흘렀다.

그것을 닦지도 않고, 나는 코트 위에서 공을 쫓는 그녀의 모습을 진지하게 바라보고 있었다.

득점판을 보니 매치 포인트였다.

압도적인 강함으로 대전 상대를 몰아세우는 그녀는, 어설픈 대응을 놓치지 않고 붕 뜬 공을 스매시.

그게 마지막 샷이 되어 멋지게 승리를 거두었다.

"게임 세트 앤드 매치, 원 바이 하사키."

카나는 숨을 고르면서 대전 상대와 마무리 악수를 나누고, 빙긋 웃더니 이번에는 응원석에 앉은 나를 보았다.

눈이 마주쳤다는 기분이 들었다.

그녀가 피스 사인을 보내는 걸 보니 그건 기분 탓이 아니었던 모양이다.

나는 고개를 끄덕이고 엄지를 들어 대답했다.

──오늘은 저번에 약속한 대로 카나를 응원하기 위해 와 있었다.

저번과 달리 오늘은 나 혼자뿐이다.

[유우지 군이랑 토우카쨩이 함께 있으면 신경이 쓰여 집중할 수가 없는걸.]

이라는 말을 들었으니 둘이서 함께 올 수도 없었다.

그런 생각을 하고 있자니…….

"봤어? 유우지 군?"

땀을 타월로 씻어내며, 경기를 끝낸 카나가 응원석에 있는 내 쪽으로 다가왔다.

"응. 고생했어."

내가 대답하자 카나는 부끄러운 듯이 웃으며 물었다.

"고마워. 경기는 어땠어?"

"강하구나, 카나는. 엄청 멋있었어."

내가 솔직하게 생각한 바를 말하자, 카나는 안심해서 한숨을 내쉬었다.

"다행이야. 저번처럼 한심한 꼴을 또 보여줄 수는 없으니까!"

"그래, 기대하고 있어."

내가 그렇게 말하자, 카나는 만족한 표정으로 미소를 짓더니 뭔가 떠올랐다는 듯이 초롱초롱한 눈빛으로 나를 올려다보았다.

"아, 그리고 말야."

"왜 그래?"

"유우지 군 쪽이, 더 멋있거든?"

카나가 그렇게 말하자 나는 동요했다.

그런 말은 카나 이외에는 누구에게도 들어본 적이 없으니, 아무래도 부끄러운 기분이 든다.

"……어떻게 생각해도, 카나 쪽이 멋있어."

"아냐, 유우지 군 쪽이 더 멋있어!"

아니, 카나 쪽이 더 멋있다니까, 라고 쑥스러움도 감출 겸 그렇게 대꾸하자 갑자기 카나가 웃었다.

"……왜 그래?"

내가 주뼛주뼛 묻자, 카나가 미소를 지으며 말했다.

"아냐. 어쩐지 러브러브한 연인끼리 하는 대화 같다는 생각이 들어서……."

고개를 숙이고 앞머리를 손끝으로 매만지며, 수줍게 에헤헤 하고 웃는 카나.

확실히 지금 대화는 그런 분위기였다는 생각이 들어, 나는 그 말에 제대로 반박하지도 못하고,

"……다음 경기도, 힘내."

대화의 흐름을 무시하고 이렇게 말하는 수밖에 없었다.

"응, 힘낼 테니까. ……나만 봐줘야 해?"

활짝 웃으며 말하는 카나의 그 말에, 나는 좀처럼 고개

를 끄덕일 수가 없었다──.

☆　☆　☆

　그 후에도, 카나는 파죽지세로 이겨 올라가, 결승전.
　상대는 저번 대회에서 카나를 꺾었던 선수였다.
　그래도 카나는 동요하는 낌새 없이 시합에 임했다.
　그리고…….
　"게임 세트 앤드 매치, 원 바이 하사키."
　심판이 경기 종료를 알렸다.
　그리고 코트 위에서 카나가 살짝 주먹을 들어 승리 포즈
를 취했다.
　카나는 저번에 패배를 맛본 상대에게서 승리를 되찾아,
멋지게 우승을 거머쥔 것이다.
　구김살 없이 웃는 그녀의 표정을 보면서, 나는 아낌없는
박수를 보냈다.

☆　☆　☆

　──그리고 표창식이 끝났다.
　이미 해가 졌지만 그래도 한여름의 더위는 전혀 진정되
지 않았다.

카나가 잠깐 얘기를 나누고 싶다고 해서, 우리는 경기장에서 조금 떨어진 조용한 공원으로 이동해 벤치에 나란히 앉았다.

아무 말이 없는 카나에게, 나는 여기까지 오면서도 했던 말을 한 번 더 했다.

"다시 말하지만, 우승 축하해. 대단하구나, 카나는."

내 말을 듣고 카나는 방긋 웃더니 이렇게 대답했다.

"고마워. 하지만 내가 우승할 수 있었던 건 유우지 군 덕분이야."

"……내 덕분이라는 건 이상하지 않아?"

쓴웃음을 지으며 말하자 카나는 고개를 가로저으며 말했다.

"나만 쏙 빼고 토우카쨩이랑 즐겁게 1박짜리 모임을 다녀온 유우지 군 덕분이야. 싫은 일은 머릿속에서 떨쳐내자는 생각에 나를 몰아붙이려고 테니스에만 집중한 덕이니까."

표정은 생글생글 웃고 있지만, 카나의 눈동자 깊은 곳이 굳어 있다는 걸 깨달았다.

나랑 카나는 사귀는 사이도 아니니 여기서 사과하는 것도 이상하지만,

"그, 그래……."

그래도 카나가 상처를 받았다는 사실에는 변함이 없다.

나는 애매하게 대답하는 수밖에 없었다.

"후후, 거짓말이야. 반은, 거짓말."

"반은 진담이란 거구나."

내가 어깨를 축 늘어뜨리자 쿡쿡 웃는 소리를 내더니 카나는 말했다.

"유우지 군 덕분이라는 건, 사실이긴 해. 이제까지 고민하던 것도 날아가고, 테니스에도, 연애에도 최선을 다할 수 있게 되었으니까."

"……내가 말하기엔 좀 뭣하지만, 자문자답 같은 거네."

"그러게, 유우지 군이 말하는 건 좀 그렇기는 해."

재미있다는 듯이 웃으며 말하는 카나.

나는 속이 따끔거려서 웃을 수 없었다.

한참을 웃다가, 카나는 뭔가를 조르듯 달콤한 목소리로 물었다.

"여름방학은, 아직 한참 남았지?"

"응, 그래."

카나가 침착함을 되찾았는지 나에게 물었다.

물론 그 말대로 여름방학은 아직 반 정도는 남아 있다.

"나도 유우지 군이랑 같이 어딘가에 놀러 가고 싶다아―."

나를 슬쩍 올려다보는 카나.

그야 나도 친구인 카나와 함께 노는 건 즐거우니까, 그건 아무 문제 없다.

그러고 보니, 나는 그걸 떠올렸다.

"그럼 다음에 온천에 한번 가지 않을래?"

카나에게 그렇게 말했다.

아마 조만간 카이의 안내로 온천에 가게 될 것이다.

기왕이니 토우카에게도 말해보자. 의외로 둘은 사이가 좋아 보이니 괜찮지 않을까?

"……어?"

어째서인지 카나는 멍한 표정으로 중얼거렸다.

"온천에는 별로 관심 없어?"

"그게 아니라. ……어? 어?"

얼굴이 새빨개져서는, 동요한 표정을 짓는 카나.

뭔가 이상한 소리를 했나 하고, 내심 조마조마해 하고 있었는데…….

"괜찮아! ……하, 하지만? 유우지 군이 토우카랑 헤어지고, 나랑 제대로 사귀어 준 다음이 아니면……. 안, 되거……든?"

촉촉한 눈빛으로 나를 애원하듯 올려다보는 카나.

"응?"

……무슨 소리를 하는 걸까?

나는 멍하니 그런 생각을 하는 바람에 얼빠진 목소리를 입 밖으로 냈다.

"그, 그야! 온천 여관에서 둘이서 1박 데이트를 하는 거잖아?!"

카나가 기대에 찬 눈빛으로 나에게 말하는 걸 듣고, 그녀가 어떤 오해를 했는지 알아차릴 수 있었다.

"미안해, 설명이 부족했지. 카이라는 후배가 있는데 걔가 온천에 함께 가자고 하더라고. 그때 토우카도 함께 갈 테니까, 카나도 가면 좋겠다고 생각해서."

"……어?"

내 설명을 들은 카나가 멍하니 신음했다.

"평범하게 생각해서 여자한테 온천에 같이 가자고 하는 건 성희롱이구나……. 미안해."

"자, 잠깐만! 그런 거라면 나도 갈게! 전혀 문제 없으니까!"

필사적인 표정으로 말하는 카나에게,

"으, 응. 가게 되면 다시 한 번 물어볼게."

내가 대답하자 카나는 불만스러운 표정을 지으며 나를 보았다.

"……하여간, 유우지 군은 정말로 나쁜 남자야. 여자애인 나를 이렇게 창피하게 만들다니."

뜨거운 눈빛을 나에게 보내며, 카나가 말했다.

그녀가 오해해서 한 말이 어떤 의미를 갖고 있는지, 나도 알아차렸기 때문에 갑자기 얼굴이 뜨거워지는 걸 자각했다.

"……미안해."

내가 말하자 카나가 나에게 몸을 기댔다.

"미안하다고 생각한다면, 내가 됐다고 말할 때까지 이대로 있어줄 수 있어?"

"……더우니까——."

몸 뗄게, 라고 말하려고 했지만 카나가 엄지를 내 입술에 대고 말을 가로막았다.

"안 돼, 아무 말도 하지 마. 알겠지?"

나를 조심스러운 눈빛으로 올려다보면서 카나가 말했다.

이런 때에 억지로 몸을 뗐다간 정말로 나쁜 짓을 하는 것 같은 기분이 든다.

그래서 엄청나게 창피한 기분이 들지만, 나는 잠시 그 자세 그대로 참고 있어야 했다.

카나의 표정을 살펴보니 만족스럽게 웃고 있어서, 나는 그 모습을 보고 얼굴이 더욱 달아오르는 걸 자각하게 되었다——.

13
경악

"선배…… 엄청, 좋아요."

희미한 숨소리가 귀에 닿는다.

내 몸을 보고, 어딘지 흥분한 듯한 목소리로 말했다.

"그러냐?"

내 말에, 고개를 끄덕이는 걸 기척으로 알 수 있었다.

"그럼……, 할게요?"

"그래."

어딘지 각오가 담긴 그 말에, 나는 고개를 끄덕였다.

"단단해……."

내 몸을 문지르며 짧게 중얼거렸다.

"그래? ……뭐, 단련하고 있으니까."

나는 그렇게 대답하고 나서 말을 이었다.

"카이, 너도 입학했을 때에 비해서 꽤나 몸을 단련했잖냐."

열심히 힘을 주고 있는지 등 뒤에서 신음소리를 내는 카이에게, 나는 그렇게 말했다.

"그, 그런가요……. 헤헤, 토모키 선배처럼 되고 싶어서, 노력하고 있어요, 저."

"그랬구나. 그 몸을 보면 노력하고 있다는 게 일목요연하지."

얼마 전과 비교해 근육이 꽤 성장한 걸 알 수 있다.

"좋아, 이번에는 내가 해줄게."

나는 몸을 돌려 카이에게 말했다. 그는 나를 간절하게 바라보면서 대답했다.

"부드럽게 해주셔야 해요?"

"응? 그래, 노력할게."

그 후로, 나는 천천히, 그다지 힘을 주지 않고 카이의 등에 손을 얹었다.

"아흑, 좋아요……."

조금 더 강하게 해도 좋을 것 같다.

"……흐윽, 격렬해!"

하아하아 하고 거친 숨을 몰아쉬는 카이. 윽, 힘 조절하기가 꽤 어렵네. 내가 그렇게 생각하면서 계속하려던 차에,

"……뭘 하는 거냐, 너희들?"

어이없다는 표정으로 갑자기 아사쿠라가 물었다.

"뭐긴. 같이 온천에 왔으니까 서로 등 밀어주는 게 이상한 일은 아니잖아. 아, 그래. 기왕이니 너도 할래, 아사쿠

라?"

우리는 지금 아사쿠라, 카이, 카나, 토우카, 그리고 이케와 함께 당일치기 입욕도 가능하다는 온천 여관에 와 있었다.

주위를 둘러보아도 다른 손님은 없고, 완전히 전세를 낸 상태였다.

"……그러게. 기왕 말해 줬으니 나도 부탁 좀 할까?"

내 제안에 아사쿠라가 응했다. 카이의 등을 간단히 씻어 주자 그는 어딘지 아쉬워하는 표정을 지으며,

"……고맙습니다."

라고 말하고 일어서서 욕조로 향했다.

그리고 대신 그 자리에 아사쿠라가 앉아, 나에게 등을 맡겼다.

"그럼 부탁할게."

"그래."

그렇게 대답한 후에 아사쿠라의 등을 샤워타월로 문지르기 시작했다.

"그건 그렇고, 카이는 용케 이런 곳을 발견했구나."

"축구부 녀석들한테 들었다더라. 사람들이 잘 모르는 당일치기 온천 시설이 있다고 말야."

일단 위치부터가 불편하다. 역에서 버스로 갈아타야 하고, 내린 후에도 한동안은 걸어야 한다.

게다가 외관도 낡고, 역 근처에 인기 많은 온천여관이 있어서 거기에 손님을 빼앗긴 결과가 이거겠지.

경영은 제대로 되는 걸까…… 라고, 나는 쓸데없는 걱정까지 들었다.

"……저기, 토모키. 기왕 이렇게 알몸으로 어울리고 있으니까, 속마음을 터놓고 한번 대화해 보자."

아사쿠라가 갑자기 그런 말을 꺼냈다.

"그런 것도, 괜찮을 것 같네."

친구와 함께 온천에 들어와, 속을 터놓고 대화를 나눈다.

동경하던 시추에이션이다.

"물어볼 게 있어. 대답에 따라…… 나는 너를 두들겨 패겠다고 미리 정해 뒀지."

아사쿠라의 굳은 목소리가 귀에 닿았다.

진지함이 느껴지는 그 목소리에, 나는 범상치 않은 일이라는 걸 깨달았다.

"……뭐지?"

잠시 머뭇거리는 기색이 아사쿠라의 등을 타고 전해졌다.

그리고 아사쿠라가 나에게 물었다.

"너 말야……, 혹시 토우카랑 하사키 사이에서 양다리 걸치고 있는 건 아니지?"

아사쿠라의 말에,

"응? 아닌데."

나는 사실을 말했다.

어째서 그런 걸 묻는 걸까 하고 생각하고 있자니,

"시치미를 떼도 소용없거든? 나……, 저번에 네가 공원에서 하사키랑 딱 붙어 있는 걸 봤으니까. 그건 어디를 어떻게 봐도 커플 분위기가 났다고."

아마 저번 대회 끝나고 돌아오는 길일 것이다. 그 모습을 보았을 줄이야…….

떨리는 목소리로 묻는 아사쿠라에게 뭐라고 대답해야 좋을지 고민하다가, 나는 깨달았다.

"정말로 넌 좋은 녀석이야. 아사쿠라."

"……무슨 소리를 하는 거야, 토모키. 말을 돌릴 속셈이라면……."

분노가 담긴 그 목소리에, 나는 고개를 가로저었다.

"토우카랑 하사키를 위해서, 내가 양다리를 걸치고 있다면 용서하지 않겠다고 생각한 거지? 게다가 자신이 본 것만으로 단정하지 않고, 나한테도 제대로 사실 확인을 하려고 해주었어. 그러니까 좋은 녀석이야, 아사쿠라는."

"……결국, 어떻게 된 건데?"

"나는 양다리를 걸치진 않았어. ……카나한테는 예전에 고백을 받은 적이 있기는 해. 하지만 나는 토우카의 연인이니까, 사귈 수 없다고 거절했지."

내 말에 아사쿠라는 다시 물었다.

"그건 이상하지 않아? 하사키는 아직도 너한테 좋아한 다는 어필을 하고 있고, 둘이 붙어 있었던 것도 설명이 안 되는데?"

"스스로 말하기에도 부끄러운 일이지만. ……카나는 한 번 차인 정도로 포기할 생각은 없다더라고. 그리고 내가 카나랑 몸을 기대고 있었던 건, 실례되는 소리를 하는 바 람에 사과하는 의미로……라는 식으로 생각해 줘."

나는 사실을 전했다.

그러자 잠시 생각한 후에, 아사쿠라는 입을 열었다.

"알았어. 토모키는 토우카랑 사귀는 사이이고 딱히 하 사키랑 바람을 피우는 건 아니다. 고백도 확실하게 거절 했다, 라고 이해하면 되지?"

"응, 맞아. ……이해해 줘서 다행이네."

고개를 돌린 아사쿠라의 옆얼굴이 보였다.

……절망하는 표정을 짓고 있었다.

"알았어, 토모키. 네 사정은 아주 잘~."

아사쿠라는 그렇게 말하더니, 내 어깨를 꽉 붙들었다.

"……왜 그래, 아사쿠라?"

"저기, 토모키…… 역시, 한 대 때려도 되겠냐?"

아마도 땀이나 물일 것이다.

내 어깨를 붙들고 그렇게 말한 아사쿠라가 눈물을 흘리는 것처럼 보였지만, 그건 어디까지나 내 착각이고 분명 땀이나 물이었을 것이다.

☆　☆　☆

우리는 온천에서 나와 일본풍 방의 휴게 공간에 있었다.

여기도 당연하다는 듯이 우리밖에 없었다.

마사지 의자에 앉아 아사쿠라가 나에게 말을 걸었다.

"미안해, 토모키. 그만 열이 올라서⋯⋯."

"신경 안 써도 돼. ⋯⋯친구잖아?"

토모키⋯⋯, 라고 아사쿠라는 중얼거리더니,

"⋯⋯그 넓은 아량을 보고 나니 남자로서 격이 차이가 다르다는 게 느껴져서, 그건 그것대로 쇼크인걸."

아득한 눈빛이 되더니 풀이 죽는 아사쿠라. ⋯⋯아사쿠라의 남심은 섬세한 모양이다.

"너무 신경 쓰지 마, 아사쿠라."

그렇게 말하면서 아사쿠라의 어깨를 두드려 격려한 사람은 이케였다.

"이케, 너는 여름방학 기간에도 미소녀 부회장 타츠미 야랑 함께 즐겁게 하교하잖아. 그런 네가 그런 소리를 해도 아무런 위로가 안 된다고…….”

흰눈을 까뒤집고, 숨도 끊어질 기세로 아사쿠라는 말했다.

“타츠미야랑 등하교를 하는 건 학생회 일 때문에 시간이 자주 겹쳐서 그런 것뿐인데……. 그게 무슨 관계지?”

어리둥절한 태도로 이케가 말했다.

그 언동에 아사쿠라의 절망은 더욱 짙어진 듯했다.

나는 그의 어깨에 손을 얹고, 눈을 마주보며 천천히 고개를 가로저었다.

이 둔감한 주인공 녀석이 연애쪽으로 하는 소리는 진지하게 들으면 안 된다, 라는 의미를 담아서.

“……여자친구 만들고 싶어.”

아사쿠라는 두 손으로 얼굴을 덮고서, 떨리는 목소리로 그렇게 중얼거렸다.

“유우지 선배! 오래 기다리셨죠!”

“역시 남자애들은 목욕이 금방 끝나는구나~.”

그런 대화를 하다 보니 목소리가 들려왔다.

그쪽을 보니 함께 놀러 온 토우카와 카나가 온천에서 나와, 이쪽으로 향하고 있었다.

둘 다 온천에 비치된 유카타로 갈아입었다. 당일치기 손님에게도 시설 내에서는 입을 수 있게 무료로 빌려준 덕분이다.

평소와 달리 머리카락을 모아서 가지런히 묶은 두 사람.

아직 머리카락이 다 마르지 않았는지 끝이 살짝 촉촉했다.

평소와 다른 분위기에 나는 저도 모르게 가슴이 뛰었다.

"옆방에 탁구대가 있던데, 그건 써도 괜찮은 거야?"

토우카가 카이에게 물었다.

"응, 카운터에서 라켓도 빌릴 수 있어."

"그럼, 잠깐 놀다가 갈까?"

카이의 설명을 듣고 이케가 모두에게 제안했다.

누구도 반론하지 않았기에 그쪽으로 이동했다.

거기에는 탁구대가 두 대 놓여 있었다.

"라켓이랑 공, 빌려왔어요."

카이가 그렇게 말하면서 라켓 여섯 개와 탁구공 네 개를 가져다 주었다.

우리는 고맙다고 인사한 후에 라켓을 들었다.

그러자 이케가 가볍게 제안했다.

"어때, 유우지, 한판 안 할래?"

"아, 물론 좋지. 한쪽 먼저 써도 괜찮겠지?"

내가 다른 멤버들에게 묻자,

"괜찮아요! 저는 선배를 응원할게요!"

"응. 나는 유우지 군을 응원할 테니까, 힘내!"

"저는 토모키 선배를 응원할 테니까, ……나머지 탁구
대 하나는 안 쓸게요."

토우카와 카나, 카이가 연이어 말했다.

그렇게들 보면 부끄럽잖아…….

"나는 어느 쪽도 응원하고 싶지 않으니까 심판을 보겠
어! 둘 다 각오하라고……!"

아사쿠라는 이글거리는 눈빛으로 나와 이케를 노려보며
말했다.

"……난 왜 이렇게 소외감이 느껴지는 걸까?"

이케가 어깨를 움츠리고 말하면서 탁구대 앞에 서자, 시
합이 시작되었다.

☆ ☆ ☆

시합은 내 패배였다.

도중까지는 나름 팽팽한 시합이라고 생각했지만, 이케
가 극한의 집중상태에 돌입한 순간부터는 상대조차 할 수
없었다.

"역시 강한걸."

"난 그래도 한때는 탁구를 꽤 했던 사람인데, 처음에는
이러다 지는 건가 싶어서 조마조마했어."

서로의 건투를 치하하는 우리들.

"수고하셨어요, 선배! 자, 타월 쓰세요♡"

이케와 격전을 끝내고 땀범벅이 된 나에게 토우카가 타월을 건네주었다.

"오오, 고마워."

나는 그것을 받아 땀을 닦았다.

"이게 내가 넘어서지 않으면 안 되는 여자아이. 눈치가 너무 빨라……."

심각한 표정으로 카나가 중얼거리는 것을 깨달았다.

……하지만 못 본 척 넘어가 주자.

"이번에는 페어로 할까요? 전 유우지 선배랑 페어를 짤게요♡"

"아냐. 유우지 군. 그러지 말고 나랑 해줘."

내가 대답할 틈도 없이, 둘은 말싸움을 시작했다.

그 모습을 본 아사쿠라가, 분하다는 듯이 이를 갈고 이케에게 물었다.

"……이케, 나랑 잠깐 같은 편 해줄래?"

"물론 괜찮아."

그 질문에 이케가 대답했다.

아사쿠라도 보기만 하는 걸로는 시시하겠지.

"제가 같이 할 거라니까요!"

"그런 건 납득할 수 없어! ……탁구로 결론을 내볼까?!"

토우카와 하사키가 말싸움을 하고 있었다. 이렇게까지

나오면 반대로 사이가 좋은 게 아닐까, 라고 나는 생각했다.

그 모습을 바라보며, 이케와 시합하느라 땀을 잔뜩 흘린 나는 다시 한 번 몸을 씻어야겠다고 생각했다.

"난 한번 더 몸 좀 담그고 올게."

"그럼 저는 다시 선배 등을 밀어드리러……."

내 말에 카이가 활짝 웃으며 반응했지만…….

"넌 우리 심판 봐야 해. 알겠어?"

토우카가 강제로 심판을 맡기는 바람에, 카이는,

"너무해……."

아하하, 라고 애처롭게 중얼거렸다.

☆　☆　☆

그러고 나서 욕실로 이동하니, 할아버지가 남탕 여탕 포렴을 바꿔 달고 있었다.

"오전이랑 남탕 여탕이 바뀌나요?"

내가 신경 쓰여 묻자, 할아버지가 내 쪽으로 고개를 돌리며 말했다.

"사실은 오늘 바꿨어야 했는데 깜빡했거든. 그래서 지금 하는 게야. 고작 이런 걸로 뭘 그리 무서운 표정을 짓느냐. 하여간 요즘 젊은 것들은 참을성이 없어……."

그 할아버지가 불만스러운 표정으로 나에게 말했다.

나는 딱히 화낸 게 아닌데…….

불만스럽긴 했지만 불평해 봐야 소용이 없다.

나는 아까와는 다른 입구에서 탈의소로 들어갔다. 거기서 옷을 벗고 욕실에 들어갔다.

샤워로 땀을 씻어낸 후에 노천탕으로 이동해 욕조를 바라보았다. 점성이 강한 탁한 온천수였다.

기대에 차서 욕조로 향하니…….

눈앞에는 믿을 수 없는 광경이 있었다.

"어, ……토모키 군?"

그 당황한 목소리가, 고요한 욕실에 울려 퍼졌다.

나는 고개를 들어 그 목소리의 주인을 보았다.

"이런 곳에서, 뭘 하고 있는 거니, 토모키 군?"

마키리 선생님은 굳은 표정으로 분노와 수치심을 드러내며, 어째서인지 온천물에 몸을 담근 채로 그렇게 물어보셨다.

"……어라?"

이게 대체 뭐지? 나는 현재 상황을 전혀 파악할 수 없었다.

머릿속에는 오로지 이 한 가지 의문만 꽉 차 있었다.

──어째서 여기에 선생님이?!

마키리 선생님이 새빨개진 얼굴로 날카롭게 째려보기

에, 새하얘지는 머릿속.

　나는 아무 말도 하지 못하고, 그런 생각만 하고 있었
다…….

14
학생 시절

"토모키 군⋯⋯. 일단, 나가줄 수 있겠니?"

굳은 목소리로 마키리 선생님이 말했다.

나는 그 말대로 아무튼 자리를 피하는 게 맞겠다는 생각
에 탈의실로 이동하려 했지만⋯⋯.

"여기는 여전히 사람이 적구면."

"어쩌겠누, 위치도 별로인 데다 주인 영감도 슬슬 노망
이 나기 시작했는데."

탈의실에서 노인 두 분의 목소리가 들려왔다.

등 뒤에서, 첨벙, 하는 소리가 들려서 돌아보았다.

자신의 몸을 두 팔로 가리고서,

"나, 남자가 또 들어온다고?! 어, 어떻게 된 거지?!"

라고 허둥거리면서 말하는 마키리 선생님.

⋯⋯내가 이대로 욕탕에서 나가면 알몸의 마키리 선생
님을 누군지도 모르는 타인에게 노출시킬 가능성도 있다.

나는 그런 생각을 하고,

"죄송해요, 나중에 사정을 설명할게요."

"앗?!"

욕조에 몸을 담그고, 마키리 선생님과 함께 구석으로 이동했다.

마키리 선생님의 알몸이 시야에 들어오지 않도록 하는 게 상당히 고생스러웠다.

그리고 나는 마키리 선생님과 등을 맞대고, 그녀의 벽이 되어줄 수 있도록 욕조에 몸을 담갔다.

마키리 선생님은 마르고 나는 체구가 있으니 그리 쉽게 들키지는 않을 거라고 생각하지만…….

바로 뒤에 마키리 선생님이 있다고 생각하니, 아무래도 차분하게 있을 수가 없었다.

그녀도 불안한 거겠지. 잠시 말없이 시간이 흘러갔다.

그리고 아까의 두 노인이 샤워를 끝마치고 노천온천으로 이동해 왔다.

"호오. 웬일로 젊은이가 다 있구먼."

일흔 살 정도로 보이는 두 사람이 눈을 가느다랗게 뜨고 이쪽을 보았다.

아직 정정하신 것 같지만, 청력이 약하신지 대화하는 목소리가 컸다.

그 할아버지들은 이쪽을 보았지만, 마키리 선생님을 알아채지는 못한 듯했다.

"……이봐, 영감."

하지만 둘 중 한 분이 이쪽을 빤히 바라보던 할아버지를 말리듯 말했다.

혹시 나를 보고 뭔가 수상하다고 생각하신 걸까?

그런 생각에 안절부절못하고 있자니…….

"저거는 어떻게 봐도 건달이로구먼. 말 걸지 말게나."

"으음? ……그런가보오, 아이고, 얼굴이 무섭기도 하지…….."

그러더니 이쪽으로 고개도 돌리지 않고, 두 사람은 탕에 몸을 담근 채로 담소를 시작했다.

아마 지금의 나는, 긴장 때문에 엄청나게 무서운 얼굴을 하고 있나보다…….

조금 슬픈 기분도 들지만, 지금은 그렇게 착각해 주는 편이 더 도움이 되기에 복잡한 기분이었다.

"……슬슬 설명해줄 수 있을까?"

뒤에서 마키리 선생님의 굳은 목소리가 들렸다.

할아버지들은 청력이 약하시니, 나도 작은 목소리로 대화하는 정도는 괜찮을 거라고 생각하고 거기에 대답했다.

"여기서 일하는 할아버지가, 제가 욕실에 들어오기 전에 남탕이랑 여탕이랑 포렴을 교체하셨어요. 분명 그 할아버지는 아무도 없다고 생각하신 거겠죠."

농담 같은 이야기지만, 사실이니까 어쩔 수 없다.

이런 트러블이 일어난다면 손님이 적은 이유도 납득이

간다. ……오히려 어째서 아직까지 망하지 않았는지가 이상할 정도다.

"그렇게 엉성하다니……. 하지만 토모키 군 말고도 남자들이 들어오는 걸 보면 확실히 그런 거 같네."

체념한 목소리로 마키리 선생님이 말했다.

"……아니, 네가 여탕에 당당히 들어올 리는 없으니까 뭔가 사정이 있었을 거라고는 생각했지만."

마키리 선생님의 신뢰감이 기쁘지만, 평범하게 창피해진다.

……그건 그렇고, 이상하다.

이런 이벤트는 원래 주인공인 이케가 맡아야 하는 상황인데.

하찮은 친구 캐릭인 내가 이런 큰 역할을 맡는 건 이상하다.

그런 생각에 잠겨 있는 나에게, 마키리 선생님이 말씀하셨다.

"너한테는 언제나 민폐만 끼치는구나. ……학생 앞에서는 모범을 보여야 하는데, 한심하기도 하지."

풀죽은 목소리로 마키리 선생님은 중얼거렸다.

"이번 일은 마키리 선생님 잘못도 아닌데요. 게다가 술이 들어가지 않았을 때의 마키리 선생님은, 존경할 만한 어른이에요."

"윽. ……그럼 술이 들어갔을 때는?"

조금 언짢은 듯한 목소리로, 마키리 선생님이 물었다.

"못난 아이일수록 귀엽다. ……같은 느낌이랄까요."

창피함을 숨기려는 의도도 담아서, 나는 야유하듯 말했다.

완전히 화를 내실 거라고 생각했지만.

"……역시, 토모키 선생님은 심술궂다니까."

부드러운 목소리로 마키리 선생님은 대답했다.

반대로 나는, 어쩐지 얼굴이 뜨거워져 아무 대답도 할수가 없었다.

"……그러고 보니까, 저번에 내 학창시절 이야기를 물어봤지?"

갑자기 마키리 선생님이 나에게 그런 말씀을 하셨다.

"말하고 싶지 않다면서 거절하셨는데요."

"알몸의 교제는 특별하다고들 하잖아. 기왕 이렇게 되었으니 말해주는 것도 나쁘지 않겠다 싶어서."

내가 아는 알몸의 교제랑 지금 상황은 이미지가 너무 다른데, 그래도 이야기를 들을 수만 있다면 듣고 싶다.

"……이런 얘기를 들어봐야 곤란하기만 할 거라는 생각도 들지만."

그렇게 운을 뗀 후에, 마키리 선생님은 말을 이었다.

"난 어머니를 일찍 여의었거든. 그래도 나를 모자람 없이 키우려고, 아버지는 혼자서 필사적으로 나를 키우셨어. 내내 여학교만 보낸 것도 분명 나를 걱정해서 그러셨을 거야."

마키리 선생님의 말을 듣고, 어떻게 대답해야 할지 몰라서 나는 이런 말만 중얼거렸다.

"그랬……군요."

마키리 선생님은 내 말에 '응'이라고 대답하고 하던 이야기를 계속했다.

"아버지가 나를 위해서 필사적으로 노력했다는 건 오래전부터 알고 있었어. 그래서 나는 아버지가 하는 말에 거스르지 않았고, 제멋대로인 자기주장도 하지 않았지. 아비지가 자랑스러워 할 수 있는 딸이 되려는 마음에, 나는 엄격하게 스스로를 채찍질했어. ……그런데 그게 과해서 동급생한테 미움 받은 적도 있었고 친구도 얼마 없었거든. 그래서 나는 외로운 학창시절을 보냈던 거야."

거기서 잠시 말이 끊겼다.

왜 그러는 걸까? 라고 생각하고 있자니…….

"토모키 군……. 정말로 크구나. 내가 아직 어렸을 때, 아버지의 등을 밀어드린 기억이 떠올라."

선생님은 내 등에 몸을 기대었다.

피부와 피부가 맞닿는 감각에, 내 얼굴은 갑자기 뜨거워졌다.

그러더니, 우울한 목소리로 마키리 선생님은 말을 이었다.

"좀 더, 상냥하고, 좀 더 멋진 어른이, 나는 되고 싶었어……."

교사로서 일하기 시작한 지, 1년하고도 조금 더.

불가항력이긴 하지만 학생에게 도움을 받고, 옛일까지 떠올리게 되어.

자신이 되고 싶었던 어른이 되지 못했다는 생각에, 마음이 약해지셨는지도 모른다.

"선생님은, 엄격하지만. ……자상하고 멋진 어른이 되셨다고 생각해요."

그래서 나는 마키리 선생님에게 그렇게 말했다.

선생님의 자상함에 구원받았기 때문에, 그런 고민은 하지 않으셨으면 좋겠다고 생각했다.

"……무리해서 위로하지 않아도, 괜찮아."

"그냥 하는 소리가 아니에요. 자신감을 가지시라고요!"

나는 그만 발끈해서 흥분하고 말았다. 놀라서 이쪽을 보는 마키리 선생님에게, 나는 수습하듯 말을 이었다.

"……알코올만 안 들어가면, 분명히 마키리 선생님은 상냥하고 멋진 어른이니까요."

내 말에 '후후'하고 작게 웃더니,

"하여간 심술궂다니까."

어딘지 토라진 듯한 목소리로 말했다.

"그래도 토모키 군한테 그런 말을 들으니까 자신이 생겼어. 고마워."

아까와는 달리 부드러운 목소리로 마키리 선생님은 말했다.

주위를 둘러보니 아까의 두 노인은 어느새 욕탕에서 모습을 감추었다.

그걸 깨닫고, 우리도 이 이상 사람이 오지 않는 틈에 재빨리 나가기로 했다.

☆ ☆ ☆

"어라, 마키리 선생님? 여기 와 계셨나요? 엄청난 우연이네요!"

별 문제 없이 남자 목욕탕에서 탈출한 마키리 선생님과, 우연히 만난 척을 하며 탁구대가 있는 방으로 돌아온 나.

카나가 놀라서 말하자 다른 녀석들도 마키리 선생님을 보았다.

"그래, 목욕하고 나오면서 토모키 군이랑 맞닥뜨렸지 뭐니. 깜짝 놀랐어."

태연하게 대답하는 마키리 선생님.

"선생님, 혹시 괜찮으시면 같이 탁구하시겠어요?"

이케가 권유해 보았지만 선생님은 고개를 가로젓고 말씀하셨다.

"아냐, 나는 이제부터 돌아갈 테니까, 너희도 너무 늦어지지 않도록 조심하렴."

그리고 시원스럽게 떠나가 버렸다.

"역시 마키리 선생님, 너무 쿨하시단 말이지~. 학생과 조금 더 교류를 가져도 괜찮을 텐데. 엄청 미인인 데다 목욕한 직후라 그런지 섹시하기까지 했지만."

마키리 선생님이 사라진 걸 확인하고 나서 아사쿠라가 말했다.

"……하지만 휴일에 혼자 온천에 오신다는 건 의외였네요. 선생님은 평소에 남자친구랑 놀러다니지 않는 걸까요? 아, 사귀는 사람이 있어도 혼자만의 시간은 중요하다고 생각하시는 걸지도요? 우와, 어른스럽다아!"

토우카가 나한테 그렇게 말했다.

마키리 선생님에게 사귀는 사람이 있다는 게 기본 전제인 그 말투에, 나는 딴죽을 걸 뻔했지만 참았다.

확실히 그렇게 예쁘고(술만 안 마신다면) 야무진 분이니까, 남친이 있다고 생각하는 것도 당연하겠지.

실제로 나도 그렇게 생각했으니까…….

"선생님이 그런 말을 들으면 슬퍼하실 테니까, 본인한테는 말하지 마."

내가 토우카에게 그런 말을 하자,

"무슨 소리예요, 선배······?"

아니나 다를까, 토우카는 '괜찮은가?'라는 눈빛으로 나를 바라보는 것이었다.

15

노 코멘트

어느 날 아침.

언제나 그렇듯 내 방에서 '우승'이 유행어인 요리 유튜버의 영상을 보다 보니 갑자기 스마트폰에 메시지가 왔다.

보낸 사람은 이케.

알림 화면에서 곧바로 메시지를 띄웠다.

[합숙 때 찍은 사진으로 간단한 앨범을 만들었는데, 혹시 시간 괜찮으면 오늘 오후에 학교에 와줄 수 있어? 귀찮다면 데이터만 보낼게.]

그때 사진 같은 걸 찍었구나.

눈치조차 못 챘는데…….

하지만 그런 게 있다면 꼭 갖고 싶다.

[그래, 학생회실로 가면 되는 거지?]

할 일도 없었기에 나는 학교로 가기로 했다.

☆　☆　☆

그리고 오후.

학생회실 문을 노크하자 안에서 '들어오세요'라는 이케의 대답이 들렸다.

나는 문을 열고 안으로 들어갔다.

실내에는 이케와 타츠미야가 있었다.

"여어, 유우지. 불러내서 미안해."

상쾌하게 웃으면서 이케가 말했다.

나는 짧게 대답했다.

"아냐, 신경 쓰지 마. 어차피 한가하니까."

"한가하다면 네가 토우카한테 데이트하자고 말 좀 해 줘. 아마 기뻐할 테니까."

여름방학 기간에는 정기적으로 토우카와 만나고 있다.

토우카는 이런저런 일들로 바빠 보이니, 내 쪽에서 만나자고 말하는 건 오히려 민폐라는 느낌도 있지만.

아무리 그래도 나와 토우카가 사귄다고 생각하는 이케에게는 말할 수 없다.

"안녕하세요, 토모키 군."

이번에는 딱딱한 웃음을 지으며 타츠미야가 말했다.

그녀는 그다지 토우카와 만날 기회가 없을 듯하니, 그녀와 빈번하게 만난다는 소리에 질투하는 것이겠지.

"안녕. ……오늘은 둘만 있는 거야?"

"오늘만 그렇다기보단, 요즘은 특별하게 할 일도 없으

니까 기본적으로는 둘뿐이지. 타케토리 선배랑 타나카 선배는 수험공부를 해야 하고. 스즈키도 여름특강을 받고 있는 모양이야.”

“할 일도 없는데 왜 나와 있는 거지?”

“앨범 제작이랑 인계자료 작성이야. 2학기가 시작되면 바빠서 일손이 부족해지거든. 그래서 타츠미야랑 둘이서 미리 해두려고.”

나는 그 말에 충격을 받았다.

“어? 인계자료를 만든다니……. 이케, 내년에는 학생회장 선거에 안 나가려고?”

“……글쎄. 아직 정해진 건 없어.”

애매하게 웃으며 얼버무리는 이케. 올해도 학생회장 선거에 후보로 나와 압도적 지지율로 당선될 거라고 멋대로 믿고 있었기에, 나도 조금 동요했다.

“아무튼 토모키 군. 앨범은 이거예요.”

일반적인 사이즈보다 조금 작은 포토앨범을 타츠미야에게서 건네받았다.

“고마워.”

“아뇨, 인사는 회장님께 해주세요. 파일만 보내는 건 조금 재미가 없다면서 앨범을 만들어 주셨거든요. ……이렇게 손에 남는 물건을 준다는 건 저로서는 로맨틱하고 멋진 일이라고 생각하는데, 토모키 군은 어떤가요?”

"아, 으응. 그러게. ⋯⋯고맙다, 이케."

타츠미야의 질문을 대충 흘려넘기면서 이케에게 인사하고, 받은 앨범을 펼쳐 내용을 보았다.

다들 즐겁게 웃고 있었지만, 한 명만 언제나 불쾌한 표정을 짓고 있었다.

뭔가 안 좋은 일이라도 있었나? 라고 생각해 잘 들여다보니 나였다. 나는 평소에 이런 무뚝뚝한 표정을 짓고 다니는 건가⋯⋯.

생각지 못한 타이밍에 그 사실을 깨달아 조금 풀이 죽어 있을 때, 야마모토 씨가 웃으면서 요리하는 사진이 나왔다. 나는 거기에 치유받았다.

"그럼, 앨범도 건네드렸으니 토모키 군을 부른 용건은 끝났어요. 그럼 살펴가시기를."

정중하게 고개를 숙이더니 문을 열고 빨리 사라지라는 듯이 귀가를 종용하는 타츠미야.

이케랑 둘이서만 보내는 시간이 방해받은 게 그렇게 신경에 거슬리나?

그렇게 생각하고 있자니,

"유우지, 점심은 먹었어?"

이케가 그렇게 물었다.

"아니, 아직이야."

"그럼 간단하게 밥이라도 같이 먹을까?"

"오오, 좋지."

이케의 권유에 내가 응하자,

"어?!"

타츠미야가, 허둥거리는 표정으로 그렇게 말했다.

"왜 그래, 타츠미야?"

"아, 아니에요. ……아무것도 아니에요."

완전히 의기소침한 표정. 아마 타츠미야도 이제부터 이케에게 함께 식사하자는 말을 꺼낼 생각이었나보다.

타츠미야가 나를 전력으로 노려보았다. ……정말로 알기 쉽네, 이 녀석.

"타츠미야, 너도 같이 어때?"

그리고 이케가 타츠미야한테도 말을 걸자…….

"어, 어라, 회장님? 저랑 밥을 함께하고 싶다고 말씀하시는 건가요? 어, 어쩔 수 없네요. 저도 한가한 사람은 아니지만, 그렇게 말씀하시니 함께 식사해 드리겠어요."

"응? 아냐. 바쁘면 무리할 필요는 없어."

"함께, 식사해! 드린다니까요!"

"아, 응. 그렇구나."

뭐가 뭔지 모르겠다는 듯이 고개를 갸웃거리는 이케.

이케에게 들키지 않게, 얼굴을 돌리고 만족한 듯이 기쁜 표정을 짓는 타츠미야.

두 사람의 모습을 보고 나는 생각했다.

……이게 뭐지, 러브코메디물인가?

☆　☆　☆

그리고 우리는 역 근처 햄버거 체인점에 들어갔다.

카운터에서 주문을 마치고 4인석 자리에 앉았다.

내가 일단 안쪽에 앉고……, 옆에 이케가 앉았다.

그리고 이케 정면에 타츠미야가 앉았다.

타츠미야의 찌르는 듯한 시선을 느껴 나는 그녀 쪽을 보았다.

……절망한 표정으로, 벌레 보는 눈빛으로 나를 보는 타츠미야. 무섭다.

하지만 이케는 신경도 쓰지 않고, '잘 먹겠습니다'라고 중얼거린 후에 햄버거 포장지를 까서 입에 가져다댔다.

나도 똑같이 행동했다.

하아, 하고 한숨을 쉬었지만, 타츠미야는 별다른 말을 하지는 않았다.

그 후로 별 거 아닌 대화를 나누면서 식사를 이어갔다.

"……왜 그래, 타츠미야?"

하지만 갑자기 타츠미야가 입을 다물었다.

이케가 그걸 신경 써서 물었다.

"아뇨. ……회장님의 식사가 빠르셔서, 역시 남자구나

라는 생각이 들었거든요. 저, 먹는 속도가 늦어서 죄송해요."

부끄러워하는 표정으로 말하는 타츠미야.

확실히 타츠미야는 아직 반도 못 먹었는데, 이케는 이미 식사를 끝냈다.

참고로 나도 식사를 끝냈지만 한 마디도 언급이 없었다. 아무래도 안중에 없는 모양이었다.

사랑에 빠진 소녀는 맹목적이라고 하는데……. 러브코메디지, 이거?

"앗, 미안해, 내가 눈치가 부족했네. 신경 쓰지 말고 천천히 먹어, 타츠미야."

"……네, 그럴게요."

방긋 웃으며 느긋하게 밥을 먹는 타츠미야.

"아, 유우지. 입가에 빵 부스러기가 묻어 있어."

"앗, 그래? 어느 쪽?"

나는 입가를 만지작거렸지만 제대로 떨어지지는 않은 듯했다.

"거기보다 왼쪽……. 반대야, 반대. 아냐, 내가 떼어주는 편이 빠르겠다."

그렇게 말한 후에, 이케는 내 입가에 붙은 빵 부스러기를 손끝으로 떼어냈다.

"이걸로 오케이."

이케는 상쾌하게 웃으며 그 빵 부스러기를 종이냅킨으로 정리했다.

나는 그 행동에 저도 모르게 가슴이 두근거렸다.

──타츠미야의 무시무시한 시선을 느꼈기 때문이다.

……이거 완전히 러브코메디네. 친구 캐릭까지 공략 대상으로 하는 건 참아주지 않을래?

내가 이케의 행동에 전전긍긍하고 있자니,

"유우지, 그러고 보니 이번에 불꽃축제 하잖아? 그거 토우카랑 같이 갈 예정이지?"

이케는 갑자기 그런 질문을 했다.

불꽃축제는 매년 시내에서 열리는 건데, 상당한 규모의 폭죽을 쏘아올린다.

……연인 사이라면 함께 가는 게 당연하겠지만, 토우카는 과연 나와 함께 가자고 말해주려나?

그렇게 생각은 하면서도, 나는 대답했다.

"아직 약속하지는 않았지만, 말은 해보려고."

"그랬구나. 꼭 그렇게 해줘."

그 말에 나는 고개를 끄덕이고 타츠미야를 보았다.

그녀는 뭔가 말하고 싶은 눈치였지만, 입을 열려 하다가도 고개만 숙이고 아무 말도 하지 못하고 있었다.

……타츠미야는 이케한테 같이 가자고 말하고 싶은 거겠지. 어쩔 수 없네. 이렇게 식사도 함께 하는 사이가 되

었으니 힘을 보태줄까.

"저기, 이케. 괜찮으면 그 날 타츠미야랑 이케도 함께 가지 않을래? 난 예전부터 친구끼리 그룹으로 가는 여름 축제를 꽤 동경해 왔거든."

"……후엣?"

내 말에, 타츠미야가 동요를 숨기지도 못하고 그런 소리를 내뱉었다.

"나야 괜찮지만, 토우카가 화내지 않겠어?"

"확실히 화를 내긴 낼 것 같긴 해."

멋대로 스케줄을 채워 버리는 거니까, 토우카한테 잔소리 한두 마디쯤은 들을지도 모르겠다.

"회, 회장님! 저도 그 날은 마침 일정이 없어서 이 권유를 받아들이지 못할 이유는 딱히 없는데, 회장님은 어떠신가요?"

기대에 찬 눈빛으로 이케를 바라보며, 흥분한 듯이 타츠미야는 말했다.

"그렇구나. 나도 별다른 일정은 없으니까, 토우카가 싫어하지 않는다면 다 함께 가자."

이케의 말에, 타츠미야는 웃으면서 대답했다.

"네, 잘 부탁드려요."

그렇게 말한 후에 방긋방긋 웃으며 음료에 입을 대는 타츠미야.

"아, 그리고 유우지. 이건 진지한 이야기인데…….”

이번에는 진지한 톤으로 이케가 말했다.

"진지한 이야기?”

"그게……. 요즘 마키리 선생님이 영 활기가 없어 보이거든. 어때, 타츠미야. 같은 생각 들지 않아?”

"그러게요. ……오늘도 학생회실에 오셨을 때 앨범을 건네드렸는데, 그때도 침울해 보이시더군요.”

걱정스러운 듯이 말하는 두 사람.

"조금 걱정이 되어서 말야. 유우지, 뭔가 짚이는 구석은 없어?”

짚이는 구석은 너무 많아서 탈이다.

마키리 선생님의 이야기로는, 요즘 맞선 때문에 아버님과 말다툼이 많아 마시는 술의 양이 늘어났다고 한다. 아마 그 문제가 가장 부담이 클 것이다.

그리고——.

"아, 회장님. 입에 케첩이 묻었어요.”

"정말? 미안, 닦을게.”

"아니에요. 제가 닦아드릴게요.”

종이 냅킨으로 이케의 입가를 닦는 타츠미야.

……너희 둘이 눈앞에서 닭살 돋게 만드는 탓도 크거든?

라고는 생각했지만, 나는 마키리 선생님의 프라이버시

와 명예를 위해서,

"으음, 전혀 짚이는 구석이 없는걸."

무표정을 유지한 채로, 노 코멘트로 일관했다.

16
고민 상담

""아.""

그리고 다음 날, 근처 편의점에 갔다가 마키리 선생님과 우연히 마주쳤다. 둘 다 동시에 멍한 목소리가 새어나왔다.

"토모키 군. ……안녕?"

"아…… 안녕하세요."

저번에 선생님과 만난 곳이 며칠 전 온천이었기 때문인지……, 좀 창피하다.

"……잘 지냈니?"

아마 그건 마키리 선생님도 마찬가지겠지.

어딘지 창피해하는 표정으로 나에게 물어보셨다.

"네. 선생님도 잘 지내셨나요?"

아무리 그래도, 고작 며칠 못 만난 사람들이 나눌 대화 같지는 않은데…….

"……응, 물론이지."

그리고 말과는 반대로 어딘지 어두운 표정으로 마키리

선생님이 대답했다.

대체 왜 이러시는 걸까?

"그럼 이만 갈게."

그렇게 말하고, 계산을 마친 마키리 선생님은 편의점 밖으로 나갔다.

"넵."

그렇게만 대답하고, 그녀의 뒷모습을 눈으로 쫓았다.

그리고 어제 이케와 타츠미야가 한 말을 떠올렸다.

'요즘 마키리 선생님이 영 활기가 없어 보이거든.'

'마키리 선생님은 침울해 보이시더군요.'

……마키리 선생님이 그 둘의 러브코메디를 목격하고 흑화할 뻔했다는 걸 제외하더라도, 어딘지 상태가 이상해 보이기는 했다.

나는 불안한 마음이 들어 선생님의 뒤를 쫓았다. 그리고 앞서 가는 그녀를 금세 따라잡았다.

"마키리 선생님!"

등 뒤에서 부르자 그녀는 천천히 나를 돌아보았다. 그리고 고개를 갸웃거리고,

"왜 그러니?"

라고 물으셨다.

나는 똑바로 그녀를 보았다.

무슨 일이 있었는지 물으려 했지만…… 과연 서서 이야

기할 수 있을 만큼 간단한 일일까?

만약 정말로 무슨 일이 있었다면, 그다지 다른 사람에게 참견당하고 싶지 않을 것이다.

그렇다면 남이 오지 않는 장소에서 대화하는 편이 좋겠네.

"중요한 할 얘기가 있는데요, 지금부터 선생님 댁에 가도 될까요?"

그렇게 생각하고, 나는 마키리 선생님에게 말했다.

"……어?"

들리지 않은 걸까?

그렇게 생각해, 나는 다시 한 번 말했다.

"중요한 할 얘기가 있는데요. 지금부터 선생님 댁에 가도 될까요?"

"자, 잠깐만, 토모키 군! 너……, 무슨 소리를 하는지 알고는 있니?! 학생이 교사가 사는 집에 오겠다니, 당연히 안 되지! 너는 상식도 없니?!"

당황해서 말하는 마키리 선생님.

역시 수상하다. 지나치게 동요한다.

이미 상식도 없이 자기 방에 나를 들여보낸 마키리 선생님의 지리멸렬한 발언을 듣고, 그녀에게 무슨 문제가 있다는 걸 확신했다.

"아뇨, 물러설 수 없어요. 저는…… 선생님의 마음을 알고 싶으니까요!"

선생님은 지금 어떤 문제가 있고, 어떤 심정인 걸까…….

내가 뭘 할 수 있을지는 모르겠다.

하지만 마키리 선생님의 이변을 깨달은 지금.

괜한 참견에 불과하다고 해도, 보고도 못 본 척을 할 수는…… 없다.

내 말을 들은 선생님은 멍한 표정을 짓더니, 손에 들고 있던 비닐봉지를 떨어뜨렸다.

그러더니 두 손으로 얼굴을 덮고 '어, 어?'라고, 새빨개진 얼굴을 나에게 보이지 않도록 숨기고 있었다.

……학생인 나에게 고민을 들킨 게 너무 창피했는지도 모른다.

그렇게 생각하면서, 나는 마키리 선생님의 말을 기다렸다.

"……알았어. 그럼 따라오렴."

마키리 선생님은 눈물을 글썽이며, 애절한 눈빛으로 나를 보고 말했다.

나는 고개를 끄덕이고 떨어진 비닐봉지를 들었다.

그리고 어떤 사정이 있더라도 힘이 될 수 있게 노력하겠다고 굳게 다짐하고, 아직도 눈이 새빨간 선생님 옆을 나란히 걸었다.

☆　☆　☆

"……들어오렴."

"실례하겠습니다."

몇 분쯤 걷자, 금세 마키리 선생님댁에 도착했다.

아직도 뺨이 상기된 마키리 선생님의 지시에 따라, 나는 현관에서 신발을 벗고 방으로 들어갔다.

여전히 깨끗하게 정돈된 방이다.

어른 여성의 방에서 유독 튀는 건…… 역시 베갯머리에 놓인 인형, 조니였다.

마키리 선생님은 장 봐 온 물건을 냉장고에 넣고, 이번에는 조니를 말없이 서랍에 넣었다.

"……왜 그래?"

그리고 새침한 표정을 지으며, 차가운 눈빛으로 묻는 마키리 선생님.

"아뇨, 아무것도."

나는 좀 전의 행동을 보고도 못 본 척하기로 했다.

마키리 선생님은 한숨을 푹 내쉬면서 '거기에 앉으렴'이라고 말하고, 좌식테이블을 가리켰다.

내가 그 말대로 테이블 앞에 앉고, 마키리 선생님은 침대 위에 앉았다.

그리고 베개를 쥐더니 한순간 놀란 표정을 지었다.

그리고 겸연쩍은 듯이 시선을 내리깔고, 손에 쥔 베개를 무릎 위에 놓았다.

……저번에 보았지만, 아마 마키리 선생님은 평소에 집에 돌아가면 침대에 앉아 조니부터 껴안는 모양이다.

그 습관이 지금 자신도 모르게 나온 것이다.

"……그래서, 내 마음을 알고 싶다는 건 무슨 뜻이니?"

마키리 선생님은 조용히 나에게 물었다.

흔들리는 눈빛에 상기된 뺨.

긴장하고 있는 것이리라.

……무리도 아니다. 학생에게 자신의 약점을 드러낸다는 거니까.

"그 말씀대로예요."

나는 딱 한 마디로, 그렇게 대답했다.

마키리 선생님은 얼굴을 들었지만, 나와는 시선을 마주치지 못한 채 눈을 내리깔고 입을 열었다.

"나는! 토모키 군을 정말로 존경해. 학생인데도 그만 어리광을 피우게 되는 건……. 그건, 내 잘못이지."

마키리 선생님은 고개를 숙이고서, 베개 위에서 주먹을 꽉 쥐며 말했다.

"하사키 양처럼 멋진 여자아이가 너를 좋아하는 것도 이해할 수 있고, 이케 양이 너를 의지하는 것도 당연하다고 생각해. 그리고 나도 너를 의지하고 있어. ……내가 가장 신뢰할 수 있는 남성은 토모키 군이라고 말해도 과언이 아닐 정도야. 하지만……, 나는 교사고 너는 학생이니까. 아무리 네가 나한테, 선생님 같은 존재라고 해도 말이지."

나는 마키리 선생님의 그 말을 듣고…… 기뻐졌다.

"무, 물론 네 마음은 기뻐. 그건 정말이야. 하지만 조금 더 생각할 시간이, 꼭 필요하다고 생각해."

그와 동시에, 내 힘을 빌리지 않겠다는 마키리 선생님의 말을 듣고 안타까움을 느꼈다.

"저를 신뢰해 주셔서 기뻐요."

내 말을 들은 마키리 선생님은 곤혹스러운 표정을 지었다.

"아니, 으음……. 내가 하고 싶은 말이 뭔지 제대로 전해지지 않은 것 같구나……. 확실히 지금 게 조금 돌려 말하는 느낌이기는 했지만."

"알아요. 저를 신뢰해 주신다고 했지만, 그래도 어디까지나 학생일 뿐인 저한테 상담할 수 없는 고민거리가 있으신 거죠?"

아무리 나를 신뢰하더라도 말할 수 없다.

그만큼 무거운 고민이라면, 내가 무신경하게 간섭해서는 안 되는 것이리라.

"응, 그래. 아무리 네가……. 어?"

"마키리 선생님한테 저는 신뢰할 수 있는 평범한 학생에 불과할지도 몰라요. ……하지만 저한테 마키리 선생님은……, 소중한, 은사예요. 그러니까, 역부족일지도 모르지만, 저는 선생님의 힘이 되고 싶어요."

나는 똑바로 내 생각을 말했다.

그렇다. 나는 그저 학생일 뿐이다. 마키리 선생님이 의지한다는 건, 본래는 있을 수 없다.

그렇다고 해도.

……아무리 부족하더라도, 그녀의 힘이 되고 싶다고 나는 생각했다.

내 말을 들은 마키리 선생님은, 동요하는 낌새를 보였다.

그리고 그 단정한 입술을 열어──.

"……어?"

이상하다는 듯이 고개를 갸웃거리며 그렇게만 중얼거렸다.

왜 이러시는 걸까 하고 생각하면서, 이어질 말을 기다리고 있자니.

"토모키 군."

"네."

"……미안한데 지금 한 말의 맥락을 좀 설명해 주지 않을래?"

"네? 그거야 물론 괜찮은데요."

어딘지 이해가 안 된다는 듯한 마키리 선생님.

대체 왜 이러시는 걸까?

의문스럽게 생각하는 나에게, 마키리 선생님이 물으셨다.

"으음. 너는, 내 마음을 알고 싶은 거지?"

"네."

"그, 그건……. 내가 너를 어떻게 생각하는가가 아니라, 내가 어떤 고민을 안고 있는가, 라고 생각하면 되는 거지?"

"당연하죠. ……그것 말고 뭐가 있나요?"

"……응, 그러게. 나는 아무것도 착각하지 않았어."

흥, 하고 언짢은 듯이 뺨을 부풀리더니 고개를 돌리는 마키리 선생님.

……왜 이러시는 걸까?

"그리고 너는. 나한테 고민이 있다면 힘이 되어주고 싶다고……. 그런 말을 해준 거지?"

"맞아요. ……부족한 저지만, 그래도 선생님께 힘이 되어드리고 싶습니다."

내가 단호하게 말하자, 그녀는 땅이 꺼져라 한숨을 내쉬더니 무릎 위에 있던 베개를 침대 위로 휙 집어던졌다. 그리고 어째서인지 나를 날카로운 시선으로 노려보았다.

⋯⋯어째서 내가 이런 눈초리를 받아야 하는 걸까?

"그래서, 요즘 마키리 선생님의 상태가 조금 이상한 것 같다고 이케랑 타츠미야한테서 들었거든요. ⋯⋯아버님이랑 또 무슨 일이 있으셨나요?"

내 질문에 선생님은 원망스럽다는 듯이 나를 보더니, 이번에는 가벼운 한숨을 내쉬었다.

"⋯⋯토모키 군만이 아니라 다른 학생들까지 알 정도였다니. 나는 정말로 한심한 교사구나."

자조하듯 마키리 선생님이 혼잣말했다.

나는 '그런 건 아니⋯⋯'라고 말하려고 입을 열었다가 그녀의 표정을 보고 입을 다물었다.

체념이 깃든 그 눈동자에, 아무 말도 하지 못하게 된 나를 보며 그녀는 입을 열었다.

"그 말대로야. 나는 지금 고민이 있어."

"⋯⋯대체, 어떤 고민인가요?"

내 질문에 마키리 선생님은 고개를 푹 숙였다.

그러더니, 힘없는 표정을 지으며 매달리는 듯한 시선을 나에게 보내고 입을 열었다.

"아버지가 맞선 얘기를 본격적으로 진행하기 시작했거든⋯⋯."

고뇌에 찬 표정으로, 선생님은 나에게 그런 이야기를 하기 시작했다⋯⋯.

17
속마음

"……맞선, 인가요?"

체념이 엿보이는 그녀의 말에, 내가 대답하자 천천히 고개를 끄덕였다.

"하지만, 맞선이라고 해도 당사자끼리 그럴 마음이 없다면, 그 후의 진전도 없는 거 아닌가요?"

내 말에 마키리 선생님은 '그래, 그 말이 맞지'라고 힘없이 중얼거렸다.

"하지만, 문제가 생겼어."

"문제, 라고요……?"

마키리 선생님이 고개를 끄덕이고 말을 계속했다.

"교제 상대가 있지도 않으면서, 어째서 그렇게까지 거절하는 거냐고 하시더라고."

"……이런 말은 적절하지 않을지도 모르겠지만, 너무 고집스럽게 거절하는 것도 확실히 이상하게 생각하실 것 같기는 하네요……."

"그러게 말야. 나는 연애를 동경하기 때문에 맞선에 흥미가 없다는 이유가 있지만, 아버지는 그런 이유로 납득해주실 리가 없어. 그래서 나는 아버지가 납득할 만한 이유를 댔어. '사귀는 사람 정도는 있어요. 그러니까, 맞선 얘기는 그만 하세요'……라고."

나는 순간적으로 그 말을 이해하지 못했다.

"……어? 마키리 선생님, 사귀는 사람 생기셨나요?"

단순한 의문을 나는 입에 담았다.

"그야 당연히…… 거짓말이지!"

"왜 그런 거짓말을……?"

당당한 그 말에 나는 말문이 막혔다.

하지만 나도 토우카와의 '가짜' 연인 관계나 보호자 동의서 문제로 거짓말을 했으니, 내 행실을 모른 척하고 남에게 뭐라고 할 수는 없다…….

"내 말을 듣고 아버지가 이렇게 말씀하셨어. '그 상대를 한번 데리고 와라. 네가 속고 있는 건 아닌지, 어울리는 사람인지 내가 직접 확인해 주마. 인정할 만한 남자라면, 내가 책임지고 맞선 상대한테 사과하마. 그 대신 별 볼 일 없는 남자를 데리고 왔다간 이상한 소리 하지 말고 맞선 상대 중에서 골라서 결혼을 해라'라고 말야."

"아아……, 그래서 이야기를 무르지도 못하고 그 말씀을 받아들일 수밖에 없었다는 거군요."

내가 묻자 마키리 선생님은 말없이 고개만 끄덕였다.

"이건 완전히 자업자득의 모범사례네요."

"참고로. 그때는 물론 술을 마신 상태였어."

"선생님은 앞으로 다시는 술을 입에 안 대시는 게 좋을 것 같아요."

내가 말하자 마키리 선생님은 힘없이 웃고, 어깨를 늘어뜨렸다.

"……연인은커녕, 휴일에 함께 외출할 남사친 하나 없는데, 어떻게 해야 하지……."

선생님은 자조하듯 입꼬리를 일그러뜨렸다.

"……그래서 그렇게 고민하셨던 거군요?"

내 말에 마키리 선생님은 힘없이 웃으며 대답했다.

"그래. 비웃을지도 모르지만, 나는 운명적인 사랑 끝에 결혼하고 싶다고 생각하거든. 그러니까 맞선 결혼을 강요당하는 건, 기분이 내키지 않아……."

하지만 그녀는 마치 스스로를 납득시키려는 듯이, 말을 이었다.

"……하지만. 이제까지 나를 남자 혼자서 키워준 아버지를, 이 이상 곤란하게 하고 싶지도 않아. 나는 술 없이는 아버지한테 내 의견 하나 제대로 말하지 못하니까. 그러니까……, 분명 이런 식으로 결혼하는 것도 나쁘지 않을 거라는 생각도 하고 있어."

척 들어도 모순적인 그 말이 진심이 아니라는 건, 쉽게 알 수 있었다.

"무슨 말씀을……."

내가 입을 열었지만 마키리 선생님이 끊고 자기 말을 했다.

"게다가 전에도 말했잖니? 맞선으로 결혼해서 행복한 가정을 꾸리는 사람들이 많다는 것도 안다고. 아버지가 소개하는 사람이라면 확실할 거야. 애초에, 연애랑 맞선 중에 뭐가 더 좋은지 따져보는 것 자체가 이상한 이야기지."

그러더니 애써 밝은 목소리로 마키리 선생님은 말을 이었다.

"……걱정하게 만든 것 같아서 그 점은 미안해. 하지만 괜찮아. 분명 잘 될 거야."

마키리 선생님의 그 말을 들어도, 나는 납득할 수 없었다.

은사의 위기에 힘이 되지 못하는 자신……뿐 아니라.

그렇게나 나한테 민폐를 끼쳐 놓고도, 이제 와서 갑자기 조심스러워진 마키리 선생님에 대해서도.

"저는 마키리 선생님의 멋진 면을 많이 알고 있어요. 자상한 부분, 멋진 부분……. 귀여운 부분."

갑작스러운 내 말에, 어리둥절한 표정을 짓는 마키리 선생님.

"학생들한테는 언제나 엄하지만, 누구보다도 온정과 배려심이 있는 분이라는 걸 잘 알아요. 저는, 그런 마키리 선생님에게 몇 번이나 도움을 받았고요. 1년 전 사건 때도, 누구도 제 말을 믿어주지 않을 때 이케랑……, 마키리 선생님만은 저를 믿고 감싸 주셨죠. 덕분에 퇴학당하는 일 없이 이렇게 학교를 다니고 있어요."

그리고 이어지는 말을 들은 마키리 선생님은, 진지한 표정으로 나를 바라보았다.

"이번에는 제가 선생님을 도와드릴 차례예요."

"네가, 뭘 할 수 있다는 거니?"

체념이 엿보이는 웃음을 지으며, 마키리 선생님은 나에게 물었다.

"제가 선생님의 연인이 되겠습니다!"

내 선언에,

"……어?"

마키리 선생님은 눈을 휘둥그레 뜨고 어안이 벙벙한 표정으로 중얼거렸다. 그 후로 '어, 음…… 그건?'이라고 어딘지 기대에 찬 눈빛을 나에게 보냈다.

나는 고개를 끄덕였다. 선생님의 기대를 저버리지 않겠어!

"안심해 주세요. '가짜' 연인이라면, 익숙하니까요."

내가 대답하자,

"……그렇구나."

어째서인지 평소에 학생을 지도할 때보다 몇 배는 차가운 시선을 나에게 보내면서 말했다.

"어……. 아, 안 되나요?"

"안 돼."

내 말에 마키리 선생님은 곧바로 대답하셨다.

"토모키 군이 해준 말은 정말로 고맙지만. 너한테 그렇게까지 민폐를 끼칠 수는 없어."

마키리 선생님은 내 제안에 납득하지 못하시는 것 같았다.

그야 그렇겠지.

분명 틀린 쪽은 나다. 나는 아직 사회를 모르는 데다, 그 이전에 인간관계 자체에도 약하다.

그래도…….

"선생님께서 얼마 전에 말씀하셨잖아요. 운명적인 연애를 하고 싶다고."

내 말을 들은 마키리 선생님은 한순간 주저하다가, 그리고 천천히 입을 열었다.

"……으응."

"그렇다면. 다시 한 번 제대로 알려주세요. 마키리 선생님의 진짜 마음을……!"

나는 그녀의 눈을 똑바로 보고 물었다.

한 번 눈을 내리깔더니 다시 나와 똑바로 눈을 마주쳤다.

둑이 터진 것처럼, 마키리 선생님의 입에서 말이 콸콸 쏟아져나왔다.

"내 마음도 무시하고 멋대로 진행된 맞선 같은 건 싫어! 아버지 앞에서 아무 말도 못 하는 나도 싫어! 내 이상인, 운명적인 연애는…… 포기하고 싶지 않아."

그렇게 선언하더니, 마키리 선생님은 흥분했는지 침대에서 몸을 일으켰다.

"……정말로, 나는 이렇게 너를 의지해도 되는 걸까?"

불안한 목소리로, 마키리 선생님은 그렇게 물으셨다.

"의지해 달라고 말씀드렸잖아요. ……저야말로 어린애가 제멋대로 이러쿵저러쿵 잔소리해서, 죄송해요."

"사과할 필요는, 없어."

내 말에 마키리 선생님이 상냥한 목소리로 대답했다.

"고마워. ……정말 기뻐."

뺨을 붉게 물들이고 촉촉한 눈으로 나를 올려다보는 마키리 선생님과, 시선이 마주쳤다.

나는 뭔가 말하려 했지만, 이렇게 새삼스럽게 말씀하시니 아무 말도 할 수 없었다.

그런 내 모습을 보고, 쿡쿡 웃더니 마키리 선생님은 말씀하셨다.

"그럼. 의지해도 되겠니, 토모키 군?"

어쩐지 평소보다 그녀가 귀엽고.

그런데도 어딘지 요염해서.

나는 저도 모르게 가슴이 크게 두근거렸다──.

18
첫 대면

마키리 선생님의 본가에 함께 가기로 한지 며칠이 지나.

나는 그녀의 차를 타고, 바로 그 본가로 향하고 있었다.

아버님을 만나야 하는데, 이제부터 긴장된다.

"……이제 와서 하는 소리지만, 그 복장은 실수였는지도 모르겠네."

운전석에 앉은 마키리 선생님이 곁눈질로 나를 보더니 중얼거렸다.

"예? 선생님이 고르신 거잖아요."

지금 내가 입은 건 칼라가 있는 셔츠에 재킷과 바지를 세트로 맞춘, 흔히 말하는 정장 스타일이다.

"그러게. 교복을 입고 가면 확실히 비주얼부터가 사람을 놀라게 할 테고, 너무 편한 차림이면 아버지의 기분을 상하게 할 테니까 그게 제일 낫겠다고 생각했는데……."

신호가 빨간색으로 바뀌어, 차를 정지시키고 선생님이 나를 보며 작게 혼잣말했다.

"어른스러운 모습이 너무 어울리는 것도 문제야. 오늘

은 단순히 인사만 할 건데, 아버지가 멋대로 다른 의미의 인사를 하러 왔다고 생각하고 놀라지 않을까……."

그러면서 걱정스러운 표정을 지었다.

"다른 의미의 인사라니, 무슨 말씀이시죠?"

좀처럼 이해가 안 가는 말이라서, 나는 마키리 선생님에게 물었다.

내 말에 선생님은 이쪽을 한 번 째려보고 앞을 보았다.

그때 딱 신호가 파란색으로 바뀌었다.

"아무것도 아니야."

마키리 선생님은 불만스러운 듯이 중얼거리고, 액셀을 밟아 자동차를 출발시켰다.

대체 왜 이러시는 거지?

그렇게 생각하면서도, 대답하고 싶지 않은 걸 운전 중에 묻는 것도 좋은 행동은 아니다 싶어 이 이상 추궁하지 않았다.

☆ ☆ ☆

그리고 2시간쯤 지나 집에 도착했다.

……웅장한 대문이 있는 저택이었다.

나는 선생님 본가의 스케일에 압도당해 저도 모르게 이렇게 물었다.

"선생님……, 아버님은 뭘 하시는 분인가요?"

"아버지는 법률쪽 일을 하셔. 그럭저럭 규모가 있는 사무소의 소장이시지."

간단한 설명으로 끝내는 마키리 선생님.

법률쪽이라면 변호사, 회계사, 법무사? ……어느 쪽이든 유복한 가정이라는 건 분명한 듯했다.

자신을 온실 속 화초라고 하시더니, 설마 이 정도로 좋은 집 아가씨였을 줄이야.

"그렇게 뚫어져라 쳐다보지 말아 줄래?"

"아, 죄송합니다."

하여간……, 이라면서 한숨을 내쉬는 마키리 선생님.

그리고 나란히 서서, 현관에서 인터폰을 눌렀다.

그러자 곧바로 문이 열렸다.

"어머나, 치아키. 어서 오렴."

푸근하고 인상 좋은 마흔 살 정도의 여성이 우리를 맞이해주었다.

……선생님의 어머님은 돌아가셨다고 들었는데, 그럼 이 분은 누구시지?

"어, 어머……. 옆에 계신 늠름한 남자분은, 누구시지?"

내 얼굴을 보고 겁먹은 티가 확 나는 그 여성분에게, 마키리 선생님은 말 대신 미소로 답했다.

놀란 듯이 눈을 크게 뜨고 '어머나……'라고 중얼거리는 그 여성.

……무슨 생각을 하는지 어렴풋하게 알겠지만, 뭐라고 대답해야 할지 알 수 없었다.

"그럼 응접실에서 아버님이 기다리고 계시니까, 나중에 차를 가지고 갈게."

그렇게 말하고 여성은 발걸음을 돌려 안쪽으로 돌아갔다.

나는 그녀의 뒷모습이 보이지 않게 된 걸 확인하고 나서 입을 열었다.

"지금 그 분은 누구세요?"

"가사도우미로 일해주시는 분이야. 내가 이 집에 살던 시절에는 내가 가사 전반을 했지만, 지금은 1주일에 몇 번은 저 분이 오셔서 집 청소랑 요리를 해 주시지."

……그런 사람이 있는 게 당연하다는 듯이 말하다니, 이거 은근 대단하지 않나?

"……그럼, 아버지가 있는 곳으로 가자."

선생님이 긴장한 표정으로 말씀하셨다.

나는 말없이 고개를 끄덕이고, 그녀 뒤를 따랐다.

그리고 어느 방 앞에 멈춰 서서, 복도에서 방문에 대고 말했다.

"저 왔어요, 아버지."

"치아키구나……. 들어와라."

방 안에서 낮은 목소리가 들렸다.

마키리 선생님은 '네'라고 대답한 후에 장지문을 열고 안에 들어왔다.

나도 그 뒤를 따랐다.

일본식 응접실에는 쉰 살 전후의 머리가 희끗희끗한 미중년 남성이 방석 위에 양반다리를 하고 앉아 있었다.

이 분이 마키리 선생님의 아버님인가.

마키리 선생님처럼 미형이라, 젊은 시절은 물론이고 지금도 인기가 많을 듯하다고 생각했다.

그 아버님은, 방에 들어간 마키리 선생님을 보더니 나에게 시선을 보냈다.

그러더니 의아한 표정을 짓고는,

"……그쪽은?"

나에게 날카로운 시선을 보내고 마키리 선생님에게 물었다.

마키리 선생님은 잠시 주저하다가 확실하게 각오한 표정으로 말했다.

"이 사람이 제 연인인 유우지예요."

그 말을 듣자 아버님이 더욱 날카로워진 시선으로 나를 노려보며 물었다.

"이야기는 들었지만, 나는 치아키가 하는 말을 아직도 믿을 수가 없구나. 이보게, 유우지 군. 정말로 두 사람은 교제를 하고 있는 사이인가?"

내 인상에도 전혀 겁먹지 않고, 아버님은 그렇게 물으셨다.

"나…… 저는 확실히…… 마…… 치아키 씨의 연인입니다."

내가 익숙하지 않은 호칭을 써가며 대답하자, 아버님은 땅이 꺼져라 한숨을 내쉬고 손가락으로 미간을 짚었다.

그리고 엄한 시선을 우리에게 보내고,

"둘 다 앉도록."

이라고 말했다.

나와 마키리 선생님은 서로 얼굴을 마주보고 고개를 끄덕인 후에, 그 말씀에 따라 자리에 앉았다.

잠시 말없는 시간이 이어지자 선생님이 침묵을 견디지 못하고 입을 열었다.

"그럼 다시 소개할게요. 이 사람이 제 연인인 유우지예요."

"처음 뵙겠습니다, 치아키 씨와 교제하고 있는 토모키 유우지입니다."

마키리 선생님이 소개를 했기 때문에, 나는 그렇게 말하고 고개를 숙였다.

"……자네는 몇 살인가? 꽤 어려 보이는데."

"스물입니다."

"그렇다면 학생인가?"

"네."

그리고 선생님이 다녔던 대학교의 후배라고 덧붙였다. ……물론 어디까지나 미리 맞춰놓은 설정일 뿐이다.

"언제부터 사귀기 시작했는가?"

"얼마 되지 않았습니다. 취직활동 제1지망이 고등학교 교직이거든요. 치아키 씨가 선배로서 잘 대해주었기 때문에 다양하게 이야기를 듣는 동안……. 저도 모르게 좋아하게 되었습니다. 그래서 제가 고백해서 교제를 시작했습니다."

"정말 성실하고 상냥한 사람이에요. 제가 연상이지만 그래도 상관없다고 말해줘서, 저는 사귀기로 했어요."

자신이 고백 받았다는 에피소드풍 설정을 친아버지에게 말한 마키리 선생님. 미리 말을 맞춰두긴 했지만, 솔직히 나는 웃음이 터질 뻔해서 난처했다.

"저도 유우지도. 진지한 마음으로 교제하고 있어요."

마키리 선생님의 말에 나는 힘주어 고개를 끄덕였다. 그러자 그 모습을 본 아버님은,

"학생 주제에, 무슨 진지한 교제란 말이냐……!"

무시무시한 표정으로 말씀하셨다. 이거 큰일인데, 기분이 상하셨나? ……라고 생각하고 있자니,

"그래도 확실히 이 토모키라는 친구는 겉멋만 든 젊은

놈들하고는 다른 모양이군. 질문에 답도 제대로 하고 있고, 교제 상대의 아버지인 나와 처음 만나는데도 기죽지 않는 걸 보니. ……이야기를 조금 더 들어볼까.”

그는 그렇게 말을 이었다.

학생이라는 말에 난색을 표하기 했지만, 그저 무턱대고 거부하지만은 않는 듯했다.

나와 마키리 선생님이 한숨 돌리고 있자니 장지문이 열리고 아까의 가정부 아주머니가 차를 가지고 와 주셨다.

“아, 감사합니다.”

라고 말하자, 아주머니는 인사만 하고 곧바로 방에서 나갔다.

그리고 차를 마시면서 아버님과 대화를 나누었다.

그는 매우 열심히 나에게 질문을 했다. 나는 미리 맞춰둔 설정에 맞춰서 대답을 했다. 아버님의 반응이 나쁘지 않다는 점이 오히려 죄책감을 자극했다.

아버지로서 처음 딸이 데리고 온 연인이 (얼굴은 무섭지만) 제대로 된 사람(설정이지만)이었다는 사실에, 내심 안도하는 것인지…….

몇 가지 질문을 끝내고 아버지는 흠, 하고 중얼거린 후에,

“자네라면 내 딸자식을 맡길 수 있겠어…… 라고 말할 생각은 없지만. 지금은 더 상황을 지켜봐도 되겠다는 생

각이 드는군.”

　라고 말했다.

　“아, 그럼…….”

　“그래, 맞선 건은 보류하마. 상대방한테도 그렇게 전하
도록 하지. ……괜찮은 청년과 인연이 생긴 것 같구나. 심
지가 곧은 남자야, 토모키 군은.”

　아무래도 무사히 아버님을 속일 수 있을 듯하다. 선생님
도 안심했는지 웃는 얼굴로,

　“응, 맞아요. ……이 사람은 제 자랑스러운 학생이에
요.”

　부드러운 목소리로 그렇게 말했다.

　“……뭐?”

　나는 어떻게든 입 밖에 내지 않고 넘어갔지만, 아버님은
너무 동요해서 이제까지와 달리 당황한 목소리로 물었다.

　“치아키, 지금 뭐라고 했느냐?”

　마키리 선생님은 아직 깨닫지 못했는지 평범하게 대답
하려다가…….

　“응? 그러니까 이 사람은 제 자랑스러운……. 앗.”

　자신의 실수를 이제야 깨달은 듯했다.

　이야기가 잘 마무리되려던 차에, 얼빠진 마키리 선생님

이 최악의 타이밍에 꾸벅 인사하고 모습을 드러냈다.

"……자랑스러운 연인이에요, 라고……."

"자랑스러운 학생, 이라고 말했지."

"그런 말 안 했어요. 아버지가 잘못 들은 거겠죠. 이제 나이도 나이잖아요."

아버님은 마키리 선생님의 지리멸렬한 변명을 듣는 척도 하지 않았다.

"토모키 군. 학생증은 가지고 있나? 아니, 생년월일을 알 수 있는 신분증이라면 뭐든 상관없어. 내가 잘못 들었다면 그걸 증명해 주지 않겠나."

"자, 잠깐만요……! 갑자기 그런 소리는 실례잖아요!"

"너는 가만히 있어!"

아버지의 일갈에, 마키리 선생님은 어깨를 움찔 떨었다.

"자, 유우지 군. 신분증을 줘 보게!"

역시 평범하게 인사하는 게 목적이고 신분증을 요구받는 사태를 생각하지는 않았으니 아무것도 가진 게 없었다. 나는 고개를 가로저으며 대답했다.

"그런 거로군. ……이런 어처구니없는 거짓말을 하다니. 그만 됐다."

아버님은 그렇게 말씀하시더니 마키리 선생님에게 시선을 보냈다.

"……아무래도 너를 교사 따위로 만든 게 실수인 모양이구나. 우리 사무소에서 일했다면 이런 시시한 짓을 할 마음도 들지 않았을 텐데……."

화가 머리끝까지 뻗치신 듯해서, 아버님은 마키리 선생님을 노려보고 말했다.

거친 말투는 아니다. 하지만 말대꾸할 수 없는 압박감은 분명하게 있었다.

그 시선에 마키리 선생님은 어깨를 움찔하면서 말했다.

"뭐라고요……?! 아버지한테 실수라는 소리를 들을 이유는 없어요! 게다가 멋대로 맞선 이야기를 진행시키지만 않았다면 애초에 이런 일은 하지도 않았을 거라고요!"

하지만 그런 마키리 선생님의 반론에,

"어디서 헛소리냐!"

다시 일갈.

엄청난 박력에, 마키리 선생님은 아무 말도 하지 못하게 되었다.

"……과연, 알겠다. 어째서 네가 완고하게 혼담을 거절하는지. 그리고 네가 어째서 교사 일을 계속하는 데에 집착했는지. ……실망했다."

"그러니까, 나는!"

"변명은 됐어. ……고교 교사가 미성년자를 본가로 끌어들여 자기 아버지한테 인사시킨다는 건 제정신으로 할 짓이 아니다."

그러더니 한숨을 푹 내쉬고,

단단하고 압력이 느껴지는 목소리로, 아버지는 말을 이었다.

"아내가 세상을 떠난 후로 내가 너를 너무 응석받이로 키웠는지도 모르겠구나. 이 애비의 부덕을 용서해다오. 그리고 지금 내가 네 눈을 뜨게 해주마……!"

그렇게 말하고 아버님이 손을 들었다.

그것을 본 마키리 선생님이, 슬픈 표정을 지으며 눈을 꽉 감았다.

고개를 숙인 그녀의 뺨을 아버님이 강하게 때리려 했지만──.

"……무슨 짓이지?"

나는 아버님의 팔을 잡고 있었다.

쓸데없는 참견을 하지 않도록 입을 다물고 있었지만, 눈앞에서 폭력을 휘두른다면 이야기가 다르다.

불안한 표정으로 마키리 선생님이 이쪽을 엿보았다.

하지만 나는 그녀를 달래기 전에 아버지에게 말했다.

"확실히 저희는 아버님께 거짓말을 했습니다. 그런 제가 잘난 척 끼어들 입장이 아니라는 건 잘 알지만……. 그래도 일단 마키리 선생님의 이야기를 듣기라도 해주시면 안 되나요?"

그 말에 아버님이 나를 노려보는 눈이 더욱 날카로워졌다.

"이 손 놓지 못하겠나."

거만한 태도로 아버님은 말씀하셨다.

나는 마키리 선생님과 아버님 사이에 끼어들고 나서 그 말에 따라 손을 놓았다.

"우선 선생님과 짜고 아버님을 속인 걸 사과드리겠습니다."

나는 '정말로 죄송합니다'라고 말하며 고개를 숙였다.

"자네는 무게중심이 딱 잡힌 남자라고 생각는데, 나도 사람 보는 눈이 다 되었군."

지긋지긋하다는 듯이 아버님이 내뱉었다.

"확실히 아버님 말씀대로입니다. 저는 거짓말만 늘어놓은 비겁한 인간이죠. 하지만……, 본인의 따님께서 하시는 이야기는 제대로 들어 주십시오."

내 말에, 흥 하고 코웃음을 치며 아버님은 이렇게 말했다.

"부모에게는 아이를 키워낼 책임이라는 게 있네. 그리고 나는 자식인 치아키가 이렇게 되어 버린 건 분명 교육이 잘못되었기 때문이라고 생각하고. 그렇다면 고쳐주는 게 도리지. 이미 잘못한 게 분명한 치아키의 헛소리를 들어줄 이유는 없다."

아까부터 이야기를 들으며 어렴풋이 깨달은 건데, 아버님은 내 '거짓말'이 나이뿐이라고 생각하고, 나와 선생님이 연인 관계라는 거짓말은 아직도 믿고 있다.

단순히 제자를 혼담을 거절하겠다는 목적만을 위해 본가에 부른다니, 내가 제안한 거지만 상당히 비상식적인 이야기다.

하지만 연인 관계를 부정하려고 해도, 이미 거짓말로 속인 전적이 있으니 간단히 믿어주지는 않으리라.

"……이야기를 듣기 전부터, 틀렸다고 단정하지는 말아주세요."

나는 그렇게만 말했다. 아버님은 안쓰럽다는 시선을 보냈다.

"젊으니까 그런 어리석은 소리를 하는 게야. 자네들은 도저히 용납할 수 있는 관계가 아니네."

하지만 내 말은 닿지 않았다. 완전히 오해하고 계신다.

"피해자인 자네에게는 미안하지만……. 지금 당장 여기서 나가주게. 택시로 집까지 보내줄 테니까. 물론 요금도 내 쪽에서 낼 테니."

마키리 선생님과 내 의사를 한데 묶어 무시하는 그 말에, 나는 입을 헤 벌리고 할 말을 잃었다.

"자네가 치아키를 어떻게 생각하든 아무 상관없네. 나중에 정식으로 사과하도록 하지. 그러니 이 이상……."

나에게 팔을 잡힌 상태에서도 아버님은 더욱 강한 박력으로 조용히 말했다.

"남의 집안일에 끼어들지 말아 주면 좋겠군."

말대꾸할 수 없는 아버님의 태도와 말.

생각해 보면 그렇게 되는 것도 어쩔 수 없을지도 모른다.

그는 자신이 올바르다고 믿고, 딸이 잘못을 범했다고 생각하는 것이다.

그렇다면 완고하게 우리의 이야기를 듣지 않으려 하는 건, 틀리지 않은 행동일 것이다.

오히려 이런 상황에선 그렇게 생각하지 않는 게 더 어렵다고 생각한다.

구제불능이라는 표정으로 한숨을 쉬는 그와……, 체념한 표정으로 이쪽을 힘없이 바라보는 마키리 선생님.

분명 일이 이렇게까지 되었는데 아무것도 하지 못한 나를 탓할 마음은 조금도 없을 것이다.

그저 자신의 무력함을 견디지 못하고, 그리고…….

그것을 받아들이려 하고 있다.

나는 이 눈빛이 뭔지 알고 있다.

그 마음을 이해할 수 있다.

고등학교에 입학해, 이케와 마키리 선생님을 만나기 전의 나와.

이해받기를 포기하고 오해받는 자신을 받아들인 나와.

지금의 마키리 선생님은 분명, 똑같다.

……그렇기 때문에.

마키리 선생님이 아버지에게 맞서기 위해서라면.

나는 단순히 그녀 옆에 있는 것만으로는, 안 된다.

주먹을 굳게 말아 쥐고서, 얼굴을 들고 아버님과 똑바로 눈을 마주보았다.

"싫습니다. 뭐라고 말씀하셔도 저는 꼭 끼어들어야겠습니다."

내 말에 마키리 선생님이 '어?'라고 작게 중얼거린 게 들렸다.

짜증을 숨기려 하지도 않고, 결국 거친 목소리를 내는 아버님.

"일이 이렇게 될 줄 알았다면 네가 교사가 되겠다고 했을 때 허락하지도 않았을 게다! 지나간 일은 어쩔 수 없지만, 이제부터는 네 멋대로 구는 건 절대 인정 못 한다. 네가…… 너뿐만 아니라 다른 사람까지 끌어들이면서 불행해지는 걸 이대로 보고만 있을 수는 없다! 지금이라도 늦지 않았다, 너는 이제 교사 일 그만두고 사무소에 들어오도록 해라."

나를 노려보는 아버님을 보고 생각했다.

분명, 그는 마키리 선생님이 정말로 걱정스러운 거겠지.

그래서 평정심을 유지할 수가 없다.

그런 사람을 상대로, 이 자리를 잘 마무리해서 깔끔하게 해결……한다는 건.

이케 같은 주인공이 아닌 내가 할 수 있는 일이 아니다.

"……아까, 제가 마키리 선생님을 어떻게 생각하든 상관없다고 말씀하셨지요?"

"그래, 상관없다."

"상관없을 리가…… 없잖아요!"

그래서, 예전에 마키리 선생님이 그렇게 해주셨듯이, 그녀의 등을 밀어주었다.

"마키리 선생님은 처음으로 존경할 수 있다고 생각한 어른입니다. 주위 어른들은 외모만 보고 저한테 문제아라는 딱지를 붙여버렸죠. 제 모든 걸 외모에 끼워 맞춰서 단정하고, 싫어하는 어른들밖에 주위에 없었습니다."

의아한 표정으로 나를 바라보는 아버님.

"하지만 마키리 선생님은 그런 저에게 다가와 주셨습니다. 말주변도 요령도 없고, 마음에 안 드는 상대에게는 손부터 나가는, 누구도 상냥하게 대해주지 않았던 저 같은 인간한테도, 외모만으로 판단하지 않고, 손을 내밀어주고 등을 밀어 주셨어요. 그래서 저한테 마키리 선생님은 처음 생긴 은사이고…… 소중한 사람입니다."

그렇기 때문에.

마키리 선생님이 이해받지 못한다면…….

나도 그녀에게 다가가, 뒤에서 등을 밀어주고 싶다.

"지금 저한테는 친구가 있고 저를 의지해주는 후배도 생겼죠. 그야 싫은 일은 지금도 산더미처럼 있지만요. 그래도 하루하루가 나쁘지 않다고 생각할 수 있는 건 주위에 있어주는 사람들과……, 마키리 선생님 덕분입니다."

마키리 선생님이 '토모키 군……'이라고, 떨리는 목소리로 중얼거리는 게 귀에 들어왔다.

"그래서 저는……. 마키리 선생님도, 하루하루가 나쁘지 않다고 생각할 수 있었으면 합니다."

나는 그렇게 말하고, 아버님을 보았다.

"……미안하네, 토모키 군. 무슨 일이 있었는지도 모르고, 내 멋대로 틀렸다고 단정 지어 버렸네."

어딘지 온화한 표정으로, 아버님이 말씀하셨다.

알아주신 건가. 라고 생각했는데…….

"자네는 아직 젊어. 지나칠 정도로 말이야. ……그러니까 마음도 또 옮겨갈 수 있을 게야. 더 많은 사람과 만나고, 더 멋진 만남을 경험할지도 모르지. 아직은 모를 수도 있지만, 그렇기에 더 이렇게 해야 한다는 걸세. 지금 여기서, 나는 자네와 치아키를 떨어뜨려 놓지 않으면 안 돼."

──아차.

아까 내가 했던 말.

아버님은 나와 마키리 선생님이 연인 사이라고 착각하고 계시니, 갑자기 내가 선생님에게 반한 이유를 말하는 거라고 생각하신 모양이다……!

어떻게 해야 하지?

뭐라고 말해야 하지?

내가 할 수 있는 일이, 그 외에 뭐가 있지?

내가 뭐라고 말해야 아버님의 오해를 풀 수 있지……? 아무리 생각해도 딱 떠오르는 게 없었다.

"이제 됐어, 토모키 군."

내 귀에, 마키리 선생님의 목소리가 닿았다.

선생님을 똑바로 바라보자, 그녀의 눈에는 눈물이 그렁거리고 있었다.

"이제, 충분해. ……고마워."

이렇게 포기한다니……, 라고 그녀의 말을 듣고 한순간 그렇게 생각했지만, 아무래도 그렇지는 않은 듯했다.

"아버지, 거짓말로 속이려 해서 죄송해요. 사귀는 사람 한 명 데리고 오지 않고 걱정만 끼친 것도 죄송하구요."

마키리 선생님은 일단 고개를 깊이 숙인 후에, 강한 의지가 담긴 눈빛으로 아버님을 보았다.

"저도 어린애 같은 생각이라는 건 알지만, 그래도 운명적인 연애를 해보고 싶어요. ……그러니까 맞선으로 결혼할 생각은 없어요. 좀 더 빨리 이 말을 해야 했는데."

마키리 선생님은 이렇게 드디어, 제대로 자신의 뜻을 전했다.

이제까지 내내 자신의 마음을 드러내지 못했던 아버님에게도 자신의 마음을 전할 수 있었으니까.

그러니까 이제 됐다고. 이제 충분하다고. 나에게 그렇게 말한 것이다.

"……너는, 네가 무슨 소리를 하고 있는지 알고 있는 게냐?"

조용히, 아버님은 그렇게 물으셨다.

"전 확실히 아버지의 아이예요. 아무리 시간이 지나도 그건 변하지 않겠죠. 그러니까 걱정하시는 것도 이해가 가고, 잘못된 행동을 했을 때는 뺨을 때려서라도 고치려는 마음도 이해해요."

"그렇다면, 얌전히 내가 하는 말을 들어야지……!"

"그건, 싫어요. ……아무것도 생각하지 않고 남이 말하는 것만 의지하고 따르는 주체성 없는 인간이, 학생에게 뭘 가르칠 수 있다는 거죠?"

"이런 잘못이나 저지르는 인간이 대체 뭘 가르친다는 게냐!"

"물론 실수나 잘못도 많이 해요. 저는 도저히 완벽하고 결백한 인간이라고는 할 수 없으니까요. 실수도 하고, 우울함을 술로 달래는 때도 있고, 학생한테 도움 받는 일도 잔뜩 있어요."

　아버님은 미간을 찌푸린 표정으로 그 말을 듣고 있었다.

　"그래서 저는 약한 학생들의 마음을 잘 알아요. 괴로울 때 혼자 있는 고독을 알아요. 그런 학생에게 다가가고 싶고요! 잘못이나 실패한 경험을 전할 수가 있어요!"

　"그건 자신의 약점을 정당화하는 변명으로밖에 들리지 않는구나."

　"……아버지 말대로 그건 단순한 응석일지도 몰라요. 하지만 저는 약한 면이 있기 때문에 학생들한테 다가가려는 마음을 먹었던 거예요. 완벽하지 않으니까 학생들이랑 함께 성장할 수 있어요. 그리고 무엇보다……."

　마키리 선생님은, 그렇게 말씀하시면서 나를 보았다.

　"이런 저를 '은사'라고 말해 주는 사람이 있다고요……."

　강한 의지가 깃든 그 눈동자를 보고, 나는 말없이 고개를 끄덕였다.

　"그러니까 저는, 교사로서 잘못되지 않았다고, 가슴을 펴고 당당하게 말하지 않으면 안 돼요! 저를 동경한 그 학생의 마음이 틀리지 않았다고 생각할 수 있게, 당당한 교사로 있고 싶어요!"

　나는 안심했다.

　내 말이 아주 약간이기는 해도 그녀의 등을 밀어줄 수 있었다고.

아주 조금일지도 모르지만, 마키리 선생님에게 은혜를 갚을 수가 있었다고.

그녀는 자신의 아버지를 똑바로 마주보았다.

조금도 겁내거나 망설이지 않는 그 모습이 너무나 늠름하고.

"저는 아버지 딸이에요. 하지만 저를 선생님이라고 불러주는 학생들한테, 저는 신뢰할 수 있는 어른이에요. 그러니까 제 일은 제가 잘 생각해서 결정하겠어요."

당당히 발언하는 모습은 저도 모르게 시선을 빼앗길 정도로 아름답고.

"그리고 무엇보다. ……제가 평생을 함께할 수 있는 운명의 상대가 만약 있다면."

활짝 웃는 그 웃음은──.

"저는 그 사람과, 가슴 뛰는…… 운명 같은 연애를 해보고 싶어요."

……마치 연심을 꽃피운 소녀처럼, 사랑스러웠다.

☆　☆　☆

마키리 선생님의 말을 듣고 아버님은 잠시 입을 다물었다.

눈부신 것을 보듯, 그는 눈을 가느다랗게 뜨고 마키리

선생님을 보고 있었다.

그리고 굳게 다물었던 입을 천천히 열더니,

"……네가 나에게 이렇게까지 말대답하는 건 처음이구나. 이게 성장……인지 어떤지는 모르겠지만."

감개 깊다는 듯이 중얼거리고,

"……이거야 원. 창피해서 이런 멍청한 딸을 남한테 소개할 수나 있겠나. 책임을 지고 내가 상대방한테 고개를 숙이는 수밖에……."

후우, 하고 짧게 한숨을 쉬었다.

그리고 아버님은 이어서 말씀하셨다.

"너처럼 멍청한 딸은 이제 신경 쓰지 않으마. ……원하는 대로 해라."

내뱉는 듯한 말투지만, 정작 아버님의 표정은 어딘지 부드러웠다.

"네. 그렇게 할게요. ……고마워요, 아버지."

마키리 선생님이 인사했지만 그는 고개를 홱 돌린 채였다.

곤란한 듯이, 마키리 선생님은 쓴웃음을 지었다.

아버님이 이번에는 나에게 시선을 보냈다.

"……생각해 보면 아직 자기소개도 하지 않았군. 나는 마키리 센노조라고 하네. 이름으로 부르면 돼. 그리고 토모키……. 아니, 유우지 군."

그리고 그는 만족한 듯이 고개를 끄덕이고, 입을 열었다.

"조금 이르지만, 저녁이라도 들고 가게."

☆　☆　☆

응접실에서 식탁으로 이동하니 놀랍게도 호화로운 요리들이 늘어서 있었다. 가정부 아주머니께서 준비하셨겠지.

참고로 그 가정부 아주머니는 이미 퇴근하신 듯했다.

나와 마키리 선생님이 나란히 앉고, 그 맞은편에 센노조 씨가 앉았다.

"그럼, 들도록 하지."

센노조 씨는 그렇게 말씀하시며 손에 든 젓가락을 요리 쪽으로 옮겼다.

나와 마키리 선생님도 '잘 먹겠습니다'라고 말한 후에 요리를 먹기 시작했다.

"맛있다!"

모든 음식이 맛있어서 젓가락이 멈추지 않는다.

"그러게, 역시 타쿠마 씨가 만드는 밥은 맛있어."

마키리 선생님도 오랜만에 먹는 아주머니의 요리가 반가운 듯했다.

하지만 센노조 씨는 무뚝뚝하다.

왜 그러는 걸까 하고 생각했더니,

"확실히 타쿠마 씨의 요리 실력은 대단하지만……. 네가 만든 요리도 절대로 그보다 못하지 않다."

갑자기 쑥스러워하셨다.

"확실히 선생님이 만든 요리는 다 맛있었습니다."

내가 말하자 센노조 씨는,

"그래, 알고 있다면 됐다."

라고 만족스러운 듯이 고개를 끄덕였다.

"가, 갑자기 이상한 소리 하지 마요……."

당황하며 중얼거린 마키리 선생님은, 부끄러운지 뺨이 붉게 달아올라 있었다.

타쿠마 씨의 요리를 열심히 먹으며 중간중간 대화를 나누었다.

"그런데 유우지 군. 자네는 법률관계 일에 흥미는 없나?"

센노조 씨가 나에게 물었다.

"잠깐, 무슨 소리를 하는 거예요, 아버지?"

마키리 선생님이 당황해서 끼어들자,

"치아키, 너한테 물어본 게 아니니까 가만히 있거라. ……아무튼 유우지 군. 자네처럼 자신이 하려는 말을 당당하게 상대에게 전할 수 있는 젊은이는 우리 사무소에도 얼마 없어. 학교를 졸업한 후가 되겠지만, 우리 사무소에서 일해 볼 생각은 없나?"

아까 질문 공세를 하던 때부터 어렴풋이 느꼈는데, 아무래도 센노조 씨는 나를 마음에 들어하는 듯하다.

건방진 애송이라고 생각하지 않은 듯해서 안심했다.

"법률관계라는 건 아직은 감이 잘 안 오지만……. 선택지 중 하나로 생각해 봐도 괜찮겠습니까?"

"그래, 지금은 그거면 충분해. 나중에 진로를 생각할 때 지금 내가 한 제안도 선택지의 하나로서 긍정적으로 검토해 주게."

만족한 듯이 센노조 씨는 말했다.

"무슨 소리를 하는 거야……."

옆에서는 얼굴이 새빨개진 마키리 선생님이 중얼거렸다.

자기 학생의 진로에 대해, 교사도 아닌 자기 아버지가 이러쿵저러쿵 하는 게 마음에 안 들었는지도 모른다.

☆ ☆ ☆

"유우지 군. 기왕 왔으니 목욕도 하고 가게."

다 먹은 식기를 정리하는 나와 마키리 선생님의 모습을 훈훈한 표정으로 바라보며 센노조 씨가 권했다.

"토모키 군이 집에 가는 시간도 생각하면 그렇게 늦게

까지 있을 수는 없어요."

"뭐 어때서 그러냐. 내가 아끼는 목욕탕을 이 친구한테 보여주고 싶거든."

어딘지 부끄러운 듯이 센노조 씨는 말했다.

……내가 그렇게까지 마음에 드시는 건가 해서 나는 기쁜 마음이 들었다.

"기왕 제안해 주셨으니, 그렇게 하겠습니다."

내 말에, 센노조 씨는 기쁜 듯이 웃고, 마키리 선생님은 어이없다는 듯이 한숨을 내쉬었다.

타월을 빌려서 목욕탕으로 향했다.

탈의실에서 옷을 벗고, 욕실로 들어가자마자 놀랐다.

"우와! 편백나무 욕조잖아……!"

넓은 일본풍 욕실 안에, 어른 두세 명은 동시에 들어갈 수 있을 만한 큰 욕조.

이게 개인주택에 설치할 수 있는 것이었구나 하고 감탄하면서, 나는 일단 샴푸로 머리를 감았다.

이제 몸을 씻으려는 차에 문 열리는 소리가 들려서, 나는 그쪽으로 고개를 돌렸다.

거기에 있었던 사람은…….

"욕조는 어떤가? 내 자랑일세."

실 한 올 걸치지 않은 센노조 씨였다.

나이답지 않게 처진 곳이 없는 단단한 육체.

"대단하네요. 저도 넓은 욕조를 좋아해서 정말 멋지다고 생각했습니다."

정직한 감상을 말하니 그는 만족한 듯이 고개를 끄덕이면서 흐뭇하게 웃었다.

"그렇지? 이 욕실만큼은 타쿠마 씨한테 맡기지 않고 가능한 한 내가 직접 청소하고 있다네. 그 보람도 있어서 언제나 기분 좋게 욕조에 몸을 담글 수 있지."

"……그런데, 어째서 아버님도 들어오신 거죠?"

내가 물었지만 센노조 씨는 반응이 없었다. 들리지 않았을 리가 없는데…… 라고 고민해 봐도 짚이는 구석이 없었다.

"죄송합니다만, 어째서 센노조 씨도 욕탕에 계시는 건가요?"

"자네 등을 좀 밀어줄까 했지. 싫은가?"

살짝 조마조마한 말투로 묻는 센노조 씨. 아무래도 제대로 이름을 부르지 않으면 반응해주지 않는 듯했다. 모에 캐릭터 같은 아저씨다.

"그럼, 저도 센노조 씨의 등을 밀어드리겠습니다."

"하하, 그거 기대되는군."

내 말을 듣고 쾌활하게 웃는 센노조 씨.

곧바로 그에게 내 등을 맡기로 했다.

샤워타월로 비누에 거품을 내고, 그것으로 느긋하게 등

을 밀었다.

딱 적당한 힘으로 밀어주신다.

"그런데 유우지 군."

"네, 말씀하시죠."

"치아키하고는 언제부터 교제하기 시작했나?"

……그러고 보니 아직도 나와 마키리 선생님이 사귀고 있다고 오해하고 계시겠군.

나는 확실히 말했다.

"아뇨, 저와 마키리 선생님은 사귀는 사이가 아닙니다."

"하하하, 서투른 거짓말이군. 단순한 학생을 일부러 본가까지 데려와서, 맞선 이야기를 꺼낸 부모한테 소개하는 교사가 세상에 어디 있다고."

그게 바로 당신 딸입니다. 그렇게 말하고 싶었지만, 쾌활하게 웃는 모습을 보니 아무 말도 할 수가 없었다.

"하지만 세간에 숨겨야 한다는 것도 확실하지. 나한테도 말해주지 않는 건 아쉽지만, 그만큼 철저하게 숨길 생각이라고 해석해 두겠네. 하지만 언젠가 꼭 말해주게. 나는 자네들을 응원하고 있으니까."

그의 목소리에는 가벼운 쓸쓸함이 담겨 있었다.

……오해가 깊어진 듯해서 나는 당황했다.

그런 나에게 그는 이어서 말했다.

"나는, 어리석은 애비였어……."

등을 밀어주던 손이 멈추었다.

센노조 씨는 굳은 말투로 그렇게 중얼거렸다.

"아내가 일찍 세상을 떠나, 분명 치아키는 외로웠을 거야. 그래도 그 아이는 싫은 소리 한번 하지 않고, 이렇게 서툴고 요령 없는 나를 받쳐 주었지. ……나는 분명 치아키가 있어준 덕분에 여기까지 해낼 수 있었던 걸세. 아내가 곁을 떠나 괴롭기는 했지만, 그래도 나는 가족을 가져서 행복했다네."

상냥함으로 가득한 목소리로, 센노조 씨는 말했다.

"……하지만 나는 잘못을 범하고 말았지. 치아키를 너무 소중하게 생각하는 바람에 내 생각만 강요한 게야. 워낙 세상을 모르는 아이다 보니, 나쁜 남자한테 빠져 불행한 일을 겪을 바에야 내가 검증한 남자와 만나 행복한 가정을 이루기를 바랐거든. 그런 생각을 했기 때문에 치아키의 의사를 무시해 가면서까지 맞선 이야기를 진행시킨 걸세. ……그 아이는 이미, 자신의 행복을 스스로 손에 넣을 수 있는 어른이 되어 있었는데도 말이야."

마치 참회하듯 센노조 씨는 말을 계속했다.

"결국 나는 딸을 믿어주지도 못하는 어리석은 애비였던 게지."

나는 그 말을 듣고 등을 온수로 씻어낸 후에 일어섰다.

그리고 그가 들고 있던 샤워타월을 받아 한 번 헹군 후에 다시 거품을 냈다.

"무슨······."

나는 동요하는 센노조 씨의 등을 거품이 난 샤워타월로 강하게 문지르며 입을 열었다.

"예전에 선생님이 말한 적이 있어요. 제 등이 센노조 씨의 넓은 등을 떠오르게 한다고요."

내 말에 그는 아무 말이 없었다.

"하지만, 이렇게 실제로 보니 그건 틀린 생각이었던 것 같아요."

"······확실히, 자네 등이 나보다야 훨씬 크지."

자조하듯 중얼거리던 센노조 씨에게, 나는 말했다.

"저는 그냥 덩치만 큰 거죠. 딸의 인생을 짊어지고 살았던 아버지의 등과 저 같은 어린애의 등이 겹쳐 보인다니, 그런 착각은 곤란한데 말입니다. ······이렇게 커다란 등을 가진 남자가 될 수 있다는 자신은, 솔직히 없으니까요."

눈앞에 있는 등의 크기에, 나는 존경심을 품고서.

"센노조 씨가 마키리 선생님을 소중하게 생각했다는 건 선생님도 잘 알고 있어요. 필사적으로 자신을 키워낸 아버지가 자랑스러워할 수 있는 딸이 되고 싶다, 라고 말했거든요."

나는 샤워기를 써서 그의 등에 묻은 거품을 씻어냈다.

곧게 펴진 등은 분명히 딸을 향한 그의 마음과 똑같을

것이다.

"치아키가…… 그런 소리를?"

떨리는 목소리로 센노조 씨가 확인했다.

나는 '네'라고 짧게 대답했다.

"그랬나. ……그랬군."

센노조 씨는 그렇게 중얼거리더니 결국 참지 못하고 눈물을 흘렸다. 가끔 오열하는 소리가 새어나왔다.

그가 자기 생각만 강요하고 선생님이 하는 이야기를 들으려고도 하지 않은 건 잘못이었을지도 모른다.

──그래도 분명.

그가 그녀를 소중하게 생각하는 마음에는 조금도 틀린 부분이 없을 것이라고.

눈물을 흘리는 그의 뒷모습을 보며 나는 그렇게 생각했다.

"유우지 군! 그 아이는, 내 보물이야! 그래도 나는 믿네, 자네라면 치아키를 분명히 행복하게 해줄 수 있다고."

그러더니 센노조 씨는 몸을 돌려 나를 보더니 고개를 숙이고 말씀하셨다.

"앞으로 자네들에게는 수많은 난관이 기다리고 있을 게야. 하지만 부디 치아키를 잘 부탁하네. ……내가 할 수 있는 일이 있다면, 협력을 아끼지 않겠네."

──아쉽지만.

그 성의 있는 마음이 착각이라는 걸, 나는 알고 있다.

"정말로 말씀드리긴 힘들지만…… 저희는 정말로 사귀는 게 아니라서요."

어색하지만, 나는 솔직하게, 다시 한 번 말씀드렸다.

"자네는 당황스러울 정도로 완고한 남자로군. ……나랑 똑 닮았어. 더욱 마음에 드는걸."

큭큭큭 하고 재미있다는 듯이 웃고, 센노조 씨는 계속해서 말했다.

"알겠네. 자네 둘은 교제하는 사이가 아니야. ……하지만, 그래도 다시 한 번 말하게 해주게."

그러더니 진지한 눈빛을 나에게 보내며, 그는 힘주어 말했다.

"치아키를, 잘 부탁하네."

그 밝은 센노조 씨의 표정을 보고──.

아, 이건 절대로 이해를 못 하는 인간이다.

라고, 나는 마음속으로 머리를 쥐어싸맸다.

19
선생님

"······묘하게 오래 있었다는 느낌이 드는데."

욕조에서 나온 나와 센노조 씨를 의심스러운 눈초리로 바라보더니, 마키리 선생님이 말했다.

"남자끼리 대화를 나눴을 뿐이다."

흥 하고 고개를 돌리는, 눈가가 붉어진 센노조 씨.

그는 그러더니 마키리 선생님에게도 권했다.

"치아키, 너도 오랜만에 목욕하는 게 어떠냐."

"아뇨, 괜찮아요."

"그렇게 사양할 필요 없어. 토모키 군은 내가 응대할 테니까. 그리고 정 뭣하다면 오늘은 집에서 자고 가도 된다."

기쁜 듯이 말하는 센노조 씨에게, 마키리 선생님은 한번 한숨을 내쉰 후에 말했다.

"이미 시간도 늦었으니 이대로 토모키 군을 집에 데려다줘야죠. 더는 아버지 사정으로 제멋대로 토모키 군을 휘두를 수는 없어요."

"너한테 그런 말을 할 자격이 있냐······."

센노조 씨는 황당하다는 표정으로 그렇게 중얼거렸다.
마키리 선생님은 가만히 시선을 피했다.

그리고 센노조 씨는 어딘가 쓸쓸한 표정을 지으며 말했다.

"……뭐, 토모키 군은 아직 학생이니 확실히 늦게까지 붙들어둘 수는 없기는 하군."

센노조 씨의 말에, 마키리 선생님은 몸을 일으켰다.

그 후로 웃으면서 말했다.

"오늘은 아버지한테 제대로 말할 수 있어서 다행이에요. ……그럼, 이만 갈게요."

"흥. ……그래도 이 앞까지는 배웅을 나가마."

센노조 씨의 그 말에, 마키리 선생님은 부드럽게 웃었다.

그리고 셋이서 현관으로 이동해, 나와 마키리 선생님은 차에 탔다.

"둘이서 함께 또 놀러 오게. ……언제든지 환영이니까."

"음…… 그건 좀?"

시선을 정신없이 피하며 곤란한 듯이 대답하는 마키리 선생님과, 어쩐지 즐겁다는 듯이 웃는 센노조 씨.

확실하게 오해를 한 상태였다.

"그럼 그만 갈게요. 또 봐요, 아버지."

"그래, 몸조심하거라. ……자네도 또 보세, 유우지 군."

따뜻한 웃음을 짓는 센노조 씨에게, 나는 쓴웃음을 지으

면서,

"네."

짧게 대답했다.

그리고 곧바로 마키리 선생님은 차를 출발시켜, 그의 모습은 순식간에 보이지 않게 되었다.

차내에선 잠시 침묵이 흘렀다. 마키리 선생님도 피곤하겠지.

기분전환으로 뭔가 화제가 없을까, 하고 생각하고 있자니, 마키리 선생님이 나를 향해서 말했다.

"잠깐 다른 데에 들렀다가 가도 될까?"

"들렀다 간다고요? 네, 괜찮아요."

편의점이라도 들르시려는 걸까 싶어, 나는 그렇게 대답했다.

그리고 몇 분쯤 이동한 후에, 마키리 선생님은 어느 공원 앞에 차를 세우고 말없이 밖으로 나갔다.

왜 이러시는 걸까 하고 생각하면서, 나도 그녀 뒤를 따랐다.

냉방이 되는 차에서 밖으로 나오니, 뜨끈한 밤바람이 뺨을 쓰다듬는다.

금세 이마에서 땀이 배어나왔다.

"들를 곳이라는 게…… 여기인가요?"

도착한 곳은 어디에라도 있을 법한, 평범한 공원이다.

"응, 그래."

그렇게 말하면서 선생님은 걸음을 옮기셨다. 나도 그녀의 뒤를 따라 걸었다.

어디에나 있을 법한 아담한 공원이고, 주위에는 인적도 전혀 없었다.

그리고 안쪽 깊은 곳까지 나아가자 철책이 있었다.

이 공원은 언덕 위에 있는지, 여기서 마을을 내려다볼 수 있었다.

"학생 시절에, 나는 자주 혼자서 이 공원에 왔었어."

철책에 기대어, 마키리 선생님은 그리운 옛 일을 생각하듯 말씀하셨다.

"……이 경치를 보러 오신 건가요?"

내 말에 그녀는 천천히 고개를 끄덕이며 말했다.

"응. ……그다지, 여기 풍경을 좋아하지는 않지만."

"……네? 좋아하지도 않는 풍경을 보기 위해서 오다니…… 어째서죠?"

마키리 선생님이 무슨 소리를 하는지 잘 이해가 가지 않아, 나는 그렇게 물었다.

그녀는 쓸쓸한 표정으로 이렇게 말했다.

"이 공원에서 내려다보는 거리, 가정들의 따스한 빛을 보고 있으면, 나는 언제나…… 쓸쓸했어."

그녀의 말에 나는 아래에 펼쳐진 풍경을 보았다. 주택가

가 길게 늘어서 있었다. 딱히 예쁜 야경이라고 부를 정도
는 아니다. 하지만 주택에서 새어나오는 빛을 보니 선생
님이 하려는 말을 알 것 같은 기분이 들었다.

　가족의 단란함이, 분명 그곳에는 있을 것이다.

　"내가 자라온 환경은 풍족했다고는 생각해. 하지만 친
구가 없다는 게, ……늦게까지 아버지가 돌아오지 않는
게, 어머니가 없는 게, ……나한테는 괴롭고, 쓸쓸했어."

　마키리 선생님은 눈을 가느다랗게 뜨고서 말했다.

　그녀의 눈에는 분명, 이 거리의 빛이 눈부시게 반짝거리
듯 보일 것이다.

　"그 괴로움도 쓸쓸함도, 나는 여전히 기억하고 있어. 분
명 아무리 시간이 지나도 잊을 수 없을 거야. ……그래
서 나와 마찬가지로 쓸쓸함이나 괴로움을 안고 있는 아
이들에게 손을 뻗어줄 수 있는 어른이 되고 싶었어. 그래
서…… 교사가 되기로 결심했지."

　그녀는 그러더니 나에게 시선을 보냈다.

　너무나 미안하다는 듯이, 힘없이 웃으면서.

　"토모키 군. 너는 나한테 '구원받았다'라고 말해 주지만.
사실 내가 생각하기에 그건 조금 틀린 것 같아."

　"그건, 어떤 의미죠?"

　나는 선생님에게 물었다.

　"……나는, 주위 사람들이랑 잘 섞이지 못하는 네 모습

에서 나를 멋대로 겹쳐보고 있었어. 네가 사건을 일으켰을 때 필사적으로 변호한 것도. 너와 아버지가 사이가 안 좋은 걸 이유로 가정방문을 했던 것도. ……내가 한 일은 유아적인 에고에 불과했던 거야. 내 모습을 이입시킨 네가 구원받는 걸 보고 나도 구원받았다는 기분을 얻고 싶었을 뿐이었던 거야.”

“……네?”

“……환멸, 했지?”

너무나 불안한 표정으로 말하는 마키리 선생님.

나는 그녀가 한 말의 의미를 생각하면서…….

“동기가 뭐가 되었든, 제가 마키리 선생님한테 구원받았다는 것에는 전혀 변함 없어요.”

어이없어하면서 그렇게 대답했다.

“……어?”

마키리 선생님이 놀란 표정을 지었다.

나는 그런 그녀를 보고, 한 번 한숨을 내쉬고서 말했다.

“게다가 지금 이야기를 들어봐도 말이죠……. 자신한테 손 내밀어 주는 사람이 없었기 때문에 다른 사람을 그냥 내버려둘 수 없다고 생각하는 마키리 선생님은, 역시 상냥하고…… 대단하고 멋진 사람이라고 생각했어요.”

내 말을 듣고, 마키리 선생님은 어딘가 멍한 표정을 지었다.

어쩌면 제대로 전해지지 않았을지도 모른다.

그렇게 생각하고, 나는 계속해서 말했다.

"알기 쉽게 말씀드리자면…… 마키리 선생님은 여전히 저한테는 자랑스러운 선생님이란 거예요. 새삼 그렇게 생각했어요."

솔직한 마음을 전하는 게 부끄러웠지만…….

그래도, 과거 이야기까지 말해준 마키리 선생님에게 나는 말을 돌리지 않고 그대로 전하기로 했다.

나 따위의 말이 위안이 되기나 할는지는 모르겠지만, 그래도——.

그녀가 스스로를 당당하게 생각했으면 좋겠다.

나는 마키리 선생님의 반응을 살폈다.

그녀는 깜짝 놀란 표정을 지으며, 그렁거리는 눈으로 어깨를 떨면서 고개를 숙이고, 그러더니…….

내 가슴에, 자신의 이마를 가져다댔다.

"……고마워, 토모키 군."

"어, 마키리 선생님……?"

"이젠 여러 가지 의미로, 늦었지만. 역시 나는, 네 앞에서는 제대로 된 선생님으로 있고 싶어……."

어쩌면 지금, 마키리 선생님은 목소리를 죽이고서 눈물을 흘리고 있는지도 모른다. ……학생인 나에게, 교사인 마키리 선생님은 우는 얼굴을 보여주고 싶지 않을 것이다.

"그러니까 부탁이야, 토모키 군.

……조금만 더, 이렇게 있게 해 줘."

"네."

나는 짧게 대답했다.

그녀가 지금 어떤 마음인지는 모르겠지만, 물어보는 것도 배려심이 없는 행동이겠지.

그래서 나는 그저 말없이, 고개를 숙인 그녀에게 내 품을 빌려주었다.

☆　☆　☆

"……미안해, 토모키 군. 자랑스러운 선생님이라고 말해 준 직후에도 나는 너한테 어리광만 피우고 있구나."

잠시 시간이 지나자 조금 진정이 되었는지, 내 가슴에 이마를 묻고 떨리는 목소리로 선생님이 말씀하셨다.

"괜찮아요. 의지해 달라고 말한 쪽은 저니까요."

내가 대답하자 마키리 선생님은 크게 숨을 들이마시고서, 그래도 아직 떨리는 목소리로 나에게 말했다.

"토모키 군이 해준 말, 정말로 기뻤어. 덕분에 나는 내가 틀리지 않았다고, 생각할 수 있었으니까."

그러더니 얼굴을 들었다.

붉게 상기된 뺨.

그리고 간절한 눈빛으로 나를 올려다보며, 그녀는 말을 이었다.

"고마워, 토모키 군."

구김살 없이 웃는 얼굴을 보니, 나는 내가 한 말이 그녀에게 닿았다는 생각이 들어, 어쩐지 기뻐졌다.

☆　☆　☆

그리고 공원을 뒤로 하고 둘이서 마키리 선생님의 차로 돌아왔다.

차에 타자 곧 자동차는 출발했지만……. 이번에도 잠시 차 안에서는 아무 말도 오가지 않았다.

방금 전까지 둘이서 딱 붙어 있어서인지 창피한 기분이 든다.

"……오늘은 피곤했지? 가는 길 동안에 눈 좀 붙이렴."

"아니에요, 선생님의 말상대가 되어 드릴게요."

"……괜찮으니까 그냥 자도 돼."

……아무래도 자신의 약한 모습을 보여준 마키리 선생님 쪽이 더 창피한 듯했다.

계속 나에게 자라고 말씀하시기에, 나는 그러기로 하고 선생님께 말씀드렸다.

"그럼……, 죄송하지만 잠깐 잘게요."

"그래. 도착하면 깨울게. 그러니까 그때까지…… 느긋하게 쉬렴."

눈을 감은 내 귀에 그녀의 상냥한 목소리가 닿았다.

아무래도 나는 스스로 생각한 것보다도 피곤했는지, 곧바로 잠에 빠져들었다.

☆　☆　☆

얼마나 오래 잠들어 있었던 걸까?

나는 눈을 떴다.

당황해서 얼굴을 돌리는 마키리 선생님이 내 시야에 들어왔다.

창문 밖으로 주위를 보니, 그녀의 맨션 근처 도로에 정차하고 있는 듯했다.

"……혹시, 지금 막 도착했나요?"

"…………! 아, 으응. 그래! 딱 지금 도착해서 깨우려고 했는데, 그때 네가 눈을 떠서 놀랐지 뭐니."

내가 묻자 마키리 선생님은 그렇게 대답하더니 말을 이었다.

"그럼 토모키 군. 집까지 바래다줄 테니까 안내해 주겠니?"

"아뇨, 여기서 내려주시면 돼요. 걸어서 몇 분이면 가는걸요."

나는 그렇게 말하고 안전벨트를 풀고 나서 자동차 밖으

로 나왔다.

이제까지는 어두워서 몰랐는데, 실내등에 비추어진 마키리 선생님의 얼굴이 새빨갰다.

"얼굴이 새빨간데요, 괜찮으신가요?"

내가 묻자 마키리 선생님은 당황해서 얼굴을 돌렸다.

"괘, 괜찮아!"

"운전하느라 많이 피곤하셨나 봐요. 무리하신 건 아니고요?"

"무, 무리한 건 아냐. 고마워. ……그렇게 걱정하지 않아도 원인은 아니까 괜찮아."

마키리 선생님은 어째서인지 원망스러운 표정으로 이쪽을 보며 그렇게 말했다.

무슨 뜻인지는 모르겠지만 확실히 건강에 이상은 없어 보였다.

"……그럼 저는 이만. 선생님도 운전할 때 조심하세요."

운전석에 있는 마키리 선생님에게 말하자, 그녀는 머뭇거리며 나에게 말을 걸었다.

"저기, 토모키 군. 나는 앞으로도, 너를 의지할 거야. 그러니까……."

"왜 그러세요, 새삼스럽게."

뭔가를 결심한 듯한 표정을 지은 후에, 그녀는 계속해서 말했다.

"너도, 곤란한 일이 있을 때는 뭐든 나한테 상담해 주렴. ……알겠지?"

"네, 앞으로도 잘 부탁드립니다."

내 말에, 마키리 선생님은 어딘지 수줍어하는 표정으로 흥, 하고 고개를 돌렸다.

실례라고는 생각하지만, 어쩐지 그 동작이 어린애 같아서 귀엽다고 생각하고 있자니,

"저기, 토모키 군. 하나 묻고 싶은 게 있는데……."

갑자기 그녀에게서 예상치 못한 질문을 받게 되었다.

첫사랑

　본가에서 원래 사는 집 근처까지 돌아와, 길가에 차를 정차시켰다.

　잠시 숨을 돌린 후에, 조수석에 앉은 그를 나는 가만히 곁눈질했다.
　평온한 숨소리를 내며, 너무나 기분 좋은 듯이 잠들어 있었다.
　이렇게 잠든 얼굴을 보고 있으면 평소의 어른스러운 태도나 무서운 얼굴도 거짓말처럼 귀엽게 느껴지는 게 신기하다.
　그런 생각과 함께, 그가 나를 아내로 삼아주면 얼마나 좋을까 하고 생각했다.
　……아, 아니, 그게 아니야!
　나는 고개를 흔들어 차분함을 되찾은 후에 다시 한 번 생각했다.
　그래, 토모키 군이 잠든 이런 귀여운 얼굴을 다른 누구한테도 보여주고 싶지 않다고 생각했을 뿐이야!

……이, 이것도 아니야!

이상한 생각밖에 하지 못하는 머리를 감싸 쥐고, 나는 으음~, 하고 생각에 잠겼다.

가끔씩 토모키 군을 흘끔거리다 보니 알게 된 게 하나 있다.

그건──, 내 마음.

나는 아직도 기분 좋게 자고 있는 토모키 군의 얼굴을 다시 한 번 가만히 바라보았다.

조여들듯 아파 오는 가슴을, 나는 두 손으로 꽉 눌렀다.

치밀어 오르는 마음을 억누르지 못하고, 나는 아주 작은 목소리로 속삭였다.

"……좋아해."

깊이 잠든 그에게 전해지지 않는다는 건, 물론 잘 알고 있다.

그래도 이제까지 내내 가슴 깊이 숨겨 왔던 마음을 입 밖으로 낸 탓에.

나의 이런 마음을, 이제 멈출 수 없음을 자각했다.

내가 만취해서 콤플렉스를 소리 높여 외친 그날부터, 분명 이제까지 있었던 일들로 그를 향한 마음은 분명 특별해진 것이다.

그게 언제부터 확실한 연심으로 변했는지는 나 스스로도 모르겠다.

하지만…….

상냥하고, 사려 깊고, 어른스럽고.

그리고 진지한 노력가다.

나를 모른 척하지 않고, 언제든지 상담에 응해줄 만큼 잘 챙겨준다.

언제나 나를 도와주는 것도 기쁘고, 걱정해서 화도 내주고.

아버지에게 내 마음을 말하라고 뒤에서 밀어주기도 했다.

──이렇게 멋진 남자아이가 옆에 있다면, 모태솔로 경력=나이인 나는 그야 좋아할 수밖에 없지.

나는 교사인데, 연하인 학생에게 처음으로 연애감정을 느끼고 말았다.

게다가 나는…… 아무리 애를 써도 내버려둘 수 없다.

부조리한 일을 겪어도 타인을 원망하지 않고, 오히려 자신을 돌아보는.

그런 그의 섬세함이 나는 너무 걱정되어 도저히 내버려둘 수가 없다.

그의 모든 게 사랑스럽다.

──나는 사랑에 푹 빠진 소녀처럼 머릿속이 그에 대한 생각으로 꽉 찼다.

……정말로 나를 신부로 맞이해주지 않으려나?

얼굴이 더 뜨거워지는 걸 자각하면서도, 소녀 같은 망상은 멈추지 않았다.

나는 크게 한숨을 내쉬고, 다시 한 번 그에게 시선을 보냈다.

"……역시, 멋있어."

옆얼굴을 바라보는 동안에, 내 시선은 자연스레 그의 입술로 향하게 되었다.

그러자…… 이제까지보다 더 심장이 더 강하게 뛰었다.

이대로 잠든 그의 입술에 내 입술을 맞추고 싶다고, 그렇게 생각했다.

──그런 짓을 해서는 안 된다는 걸 아는데도.

그의 입술에 시선이 못 박혀 제대로 생각할 수가 없었다.

내 몸은, 이성으로 제어하지 못하게 되었다.

나는 몸을 눕혀, 그의 얼굴에 가까이 다가갔다.

그대로 나는…….

"……역시, 이러면 안 돼."

키스를 하려다가 그만두었다.

그와 키스를 할 수 있다면 엄청나게 기쁠 것이다. 분명 행복감을 느끼겠지.

하지만 그도 똑같이 생각해 줄지는 모르겠다.

어쩌면 정말로 좋아하게 된 사람을 위해서, 첫 키스를 아껴 놨을지도 모른다.

그렇다면 토모키 군한테 마음을 전하지도 않은 내가 무단으로 입술을 빼앗아서는 안 될 것이다.

게다가…… 나에게 있어서도 귀중한 첫 키스니까, 그의 요청에 응해 하고 싶다고 생각했다.

그래서 나는 그의 입술에서 눈을 떼고.

"이 정도는, 괜찮겠지……?"

스스로에게 변명하듯 중얼거린 후에──.

그의 앞머리를 걷고 이마에 입을 맞추었다.

☆　☆　☆

으음, 하고 신음한 후에 그는 눈을 떴다.

그 후로 내내 잠든 얼굴을 바라보고 있었지만, 나는 살며시 시선을 피하고 아무렇지 않은 척했다.

"……혹시, 지금 막 도착했나요?"

"…………! 아, 아니. 그래! 딱 지금 도착해서 깨우려고 했는데, 그때 네가 눈을 떠서 놀랐지 뭐니."

역시나 자는 얼굴을 내내 바라보고 있었다는 걸 들킨다

면 창피하니까, 나는 그렇게 말했다.

다행히 그다지 의심하는 것 같지는 않았다.

그는 그대로 차에서 내려, 걸어서 돌아간다고 말했다.

조금 더 함께 있고 싶었지만, 이 이상 함께 있는다면…… 창피해서 죽어 버릴 것 같다.

나는 자신의 입술을 손끝으로 만지고는, 그렇게 생각했다.

그리고 그에게 작별 인사를 하고…….

"얼굴이 새빨간데요, 괜찮으신가요?"

걱정스러운 표정으로 그렇게 물었다.

실내등에 비추어진 얼굴을 보고 알아차렸을지도 모른다.

나는 당황해서 황급히 얼굴을 돌렸다.

"운전하느라 많이 피곤하셨나 봐요. 무리하신 건 아니고요?"

"무, 무리한 건 아냐. 고마워. ……그렇게 걱정하지 않아도 원인은 아니까 괜찮아."

내 마음을 조금도 깨닫지 못한 토모키 군이, 상냥한 목소리로 말했다.

배려를 받는 게 기뻐서, 내 가슴은 다시 높이 뛰었다.

……아무리 그래도.

이 기분을 들키는 것도 곤란하지만, 나만 이렇게 가슴이 뛰는 건 너무 불공평하다.

"……그럼 저는 이만. 선생님도 운전할 때 조심하세요."

그렇게 말하고 돌아가려 하는 그.

나는 망설이고 있었다.

그건, 그에게 내 마음을 정할지 말지……가 아니라.

"저기, 토모키 군. 나는 앞으로도, 너를 의지할 거야. 그러니까……."

나에게 토모키 군은 정말로 좋아하는 남자아이.

그러니까, 잔뜩 의지하고 싶고, 어리광피우고 싶다.

이 마음을 전하고 싶고, 받아들여주면 좋겠다.

──지금 당장이라도.

"왜 그러세요, 새삼스럽게."

내 태도를 이상하게 생각했는지, 토모키 군은 의아하다는 표정으로 물었다.

그를 좋아하는 이 마음을, 제대로 전하도록 하자.

그렇게 생각했지만──.

깊은 신뢰를 확실하게 느낄 수 있는 그의 눈빛을 보고, 나는 입을 다물었다. 그리고 무난한 말을 입에 담았다.

"너도, 곤란한 일이 있을 때는 뭐든 나한테 상담해 주렴. ……알겠지?"

나는 어른이고, 교사니까.

그는 아직 어리고, 학생이니까.

이 마음을 전하는 건, 잘못된 일이다.

──라는 상식에 따른 생각으로 마음을 전하지 않기로 한 게 아니다.

내가 그에게 마음을 전하려다가 만 건, 그가 원하는 '마키리 선생님'이 무엇인지 알았기 때문이다.

토모키 군 곁에는 이렇게까지 신뢰할 수 있는 어른이 없었던 것이다. 그가 나에게 강한 신뢰감을 느끼는 건 결국 '어쩌다 보니 타이밍이 좋아서'일 뿐.

만약, 그가 사건을 일으킨 1년 전에. 다른 선생님이 최선을 다해 해결을 위해 노력했다면, 토모키 군이 신뢰를 준 사람은 내가 아니라 분명 그 사람이 되었을 것이다.

내 생각만 하고 마음을 전했다가 그를 곤란하게 하는 일도, 실망시키는 일도. ……무엇보다, 차이는 것도 사양하고 싶었다.

그는 나를……, 이렇게 한심하고 구제불능인 나 따위를.

자랑스러운 선생님이라고 말해 주었다.

나는 그게 기쁘고 행복했다.

그의 주위에는, 신뢰할 수 있는 어른이 이제까지 없었다.

그는 내가 앞으로도 신뢰할 수 있는 어른으로 있어 주면 좋겠다고 바라겠지.

그래서 나는, 그가 존경할 수 있는 선생으로 남아있지 않으면 안 된다.

"네, 앞으로도 잘 부탁드립니다."

……하지만.

내 마음에 뚜껑을 덮어 저 깊은 곳에 밀어두면서까지 그의 자랑스러운 선생님으로 있고 싶다는 생각까지는——하지 않으니까.

"저기, 토모키 군. 하나 묻고 싶은 게 있는데……."

나는 그렇게 하려는 말을 시작했다.

"진짜 연인이라면, 연상이랑 연하 중에 어느 쪽이 좋니?"

"아, 으음……. 갑자기 그런 건 왜 물어보시는 거죠?"

곤란한 표정의 토모키 군. 이런 반응도 당연하다고 생각했다.

"아니, 조금 확인해 두고 싶었어."

"그게 무슨 뜻이죠?"

"둔하긴……."

나는 내 얼굴이 뜨거워지는 걸 깨달았다. 어쩐지 엄청나게 창피하지만, 나는 말했다.

"나는 이번 일 때문에 맞선 상대가 없어져 버렸어. 그러니 만약 나중에 좋은 사람을 찾지 못해서 혼기를 놓칠지도 모르는 상황이 되면……. 토모키 군이 제대로 책임을

져 줘야 하지 않을까?"

내 말에 토모키 군은 '으음……'라면서 대답할 말을 찾지 못하다가, 허둥거리며 말했다.

"그건 자업자득이잖아요……. 뭐, 되는지 안 되는지를 묻는다면 저야 좋지만요. 하지만 마키리 선생님은 미인이니까, 사실은 의외로 얼빠진 사람이라는 점만 들키지 않는다면 금세 좋은 사람을 찾을 수 있을 거라고 생각해요, 라기보단……."

토모키 군이 동요하는 걸 보고, 나는 그만 재미있어서 웃고 말았다.

"……놀리지 말아 주실래요?"

"미안해. 하지만…… 나는 내 얼빠진 면도 품어줄 수 있는 연인이 좋아."

"그건…… 전도다난할 것 같네요."

"그렇지? 그러니까, 제대로 토모키 군의 취향을 리서치해둘 필요가 있다는 거야."

토모키 군은 '그런가요'라고 쓴웃음을 지으며 대답했다.

……오늘은, 이 정도면 될까.

"그럼 나도 돌아갈게. 가는 길 조심하렴, 토모키 군."

"선생님도 조심히 들어가세요."

토모키 군의 말에 고개를 끄덕인 후에, 나는 차를 출발시켰다.

이제 조수석에 토모키 군은 없지만, 그래도 커진 심장소리는 잦아들지 않았다.

몇 번이고 심호흡을 반복해 마음을 진정시키면서, 나는 내 감정을 정리했다.

나는 이제까지처럼 '의지할 수 있는 마키리 선생님'이면서도, 앞으로는 '마키리 치아키'로서도 그에게 인식되고 싶다.

그야 그가 나를 '선생'이 아닌 '연인'이었으면 하는 사람으로 생각해 준다면, 나도 그에게 조심할 필요가 없어지니까.

——그런 걸 생각하는 자신에게, 저도 모르게 자조하게 된다.

그가 자랑스럽게 여길 수 있는 선생님으로 있고 싶다고 바란 직후에, 곧바로 그와 연애하기를 꿈꾼다니——.

나는 역시, 구제불능인 어른일지도.

후기

『친구캐릭인 내가 인기 많을 리 없잖아? 3』을 구매해 주
셔서 감사합니다. 저자 세카이이치입니다.

……정말 오래 기다리셨습니다! 3권 발매&경사스러운
코믹컬라이즈 결정입니다! 이것도 응원해 주신 여러분들
덕분입니다. 정말 감사합니다! 저를 아시는 분들은 '이 세
카이이치라는 작가는 내가 키웠거든……'이라고 꼭 자랑
해 주십시오!

……이번에는 1권과 2권에서 의지가 되는 어른이었던
바로 그 사람이 한 권 전체의 중심으로 활약합니다. 3권을
읽고 그녀에 대해 알아주시고, 그리고 이제까지보다 더
좋아해 주실 수 있다면, 정말로 기쁘겠습니다.

그리고 이번 권은 WEB판에서 가필 수정한 분량이 상당
히 많습니다. WEB판에서는 유우지가 1학년 때 벌인 사건
에 대해서도 언급이 없었지요. ……서적판에서도 아직 제
대로 쓴 건 아니니 언젠가 하루마와 마키리 선생님의 당
시 활약상을 그릴 날이 오기를 망상하고 있습니다.

참고로 이번 3권에서는 이름과 대사가 있는 신 캐릭터가 다수 등장했는데요, 신 히로인인 오토메쨩과 엑스트라 타쿠마 씨를 제외하면 다들 아저씨입니다. 요리를 잘하는 야마모토 씨, 모에 캐릭터인 센노조 씨, 러브코메디물에 푹 빠져 사는 유우지의 아버지(실은 서적판 오리지널 캐릭터).

각자 다른 매력을 가진 세 아저씨가 앞으로 보여줄 활약도 기대해 주세요! ……물론 오토메쨩도 대활약할 테니, 안심해 주시고요.

그리고 편지 보내주신 분들. 정말로 감사합니다! 앞으로도 응원하고픈 마음이 드실 수 있도록 노력하겠습니다! 팬레터를 보내고 싶으신 분들은 '힘내라, 지지 마라, 세카 이이치' 선생님 담당자에게 보내 주시면 최고로 해피하겠습니다!

느닷없지만 감사 인사입니다.

담당자님, 이번에도 너무 많은 도움을 받았지만 덕분에 납득할 수 있는 이야기를 쓸 수 있었습니다! 앞으로도 많은 도움, 잘 부탁드립니다.

멋진 일러스트를 그려주신 오사베 토무 선생님. 담당자가 소개해준 '더블 피스 포즈를 한 아이' 일러스트를 보고, 개성적인 색감과 멋진 패션 센스에 반해 꼭 작품의 일러스트를 맡아 주시면 좋겠다고 생각했습니다. 그리고 지금은 그 의뢰를 받아들여 주셔서 정말로 기쁘게 생각합니다! 앞으로도 잘 부탁드립니다.

그리고 이 소설이 출판에 이르기까지 노력해 주신 분들께 정말로 감사하다는 말씀을 드립니다.

그리고 무엇보다 이 책을 선택해 주신 독자 여러분들. 정말로 감사합니다! 앞으로도 여러분께서 즐기실 수 있는 소설을 써낼 수 있도록 노력하겠습니다.

마지막으로, 다음 페이지부터 토우카가 다음 권 예고를 한다는데요⋯⋯?

예고

"선배, 저한테 뭔가 숨기는 일 없으신가요?"

여름방학도 반이 지난 어느 날, 선배와 데이트를 하다가.

"어?"

"평소에는 러브러브 데이트를 진심으로 즐기는 선배가, 오늘은 이상하게 거동이 수상하다는 느낌이 들어서요. 무슨 일 있었나 하고요."

'딱히 평소에도 러브러브 데이트를 하지는 않았는데……'라고 선배는 중얼거린 후에,

"아아, 숨기는 게 있기는 해."

간단하게 인정해 버렸다.

"……대체 뭘 숨기고 계시는데요? 혹시 바람 피우시나요?"

겉으로는 어이없다는 듯이 행동하면서, 내심 조마조마한 기분으로 선배에게 물었다.

"……미안해, 알려줄 수 없어."

유우지 선배는 고민하듯, 어색한 표정으로 말을 이었다.

"가능하다면 숨기고 싶지는 않지만, 멋대로 말할 수 있는 일도 아니거든……. 미안해."

"……만일에 대비해 확인하겠는데요, 진짜 연인이 생겼다든가 하는 건 아니겠죠?"

"응, 그럴 리가 없지. ……연인이 생겼을 때는 제대로 보고한다고, 전에도 말했잖아?"

그 대답에 나는 안심했다.

"네, 기억하고 있어요."

나한테 뭔가를 숨기고 있다는 데에 불만이 아주 없진 않지만……, 속마음을 숨김없이 다 보여달라고 말할 자격은 나에게 없다고 생각한다.

"흐음, 뭘 숨기고 계시는지 꼬치꼬치 캐묻지는 않겠어요. 그래도 저한테 비밀이 있다니, 너무 건방진데요. 안 그래요, 선배?"

어색한 공기를 떨쳐내듯 나는 가벼운 말투로 계속해서 말했다.

"그렇게 되었으니, 그런 선배한테 벌을 주겠어요!"

내 말에 선배는 난처하게 웃으며 '무슨 벌?'이라고 물었다.

"함께 바다에 가는 거예요."

"그래, 같이 가자."

"그거랑 여름 축제! 함께 불꽃놀이를 봐야 해요!"

"그래, 물론이야. 기대되네."

기쁜 표정으로 대답하는 유우지 선배를 본 후에야, 나는 선배를 놀리고 싶은 마음이 들었다.

"제가 수영복이랑 유카타를 입은 모습, 엄청 기대되시죠? 네? 유우지 선배?"

"응, 물로…. 아니, 그건…… 보통인데?"

"선배는 비밀을 숨기는 것도 거짓말도 엄청 서투르네요?"

내 말에 선배는 '……그럴지도'라고 작게 대답했다.

겸연쩍은 그 표정을 바라보며, 그렇게 물었다.

"아, 하지만……. 그럼 이건 벌이 아니라 상이 되잖아요, 선배?"

내 말에 선배는 뒤통수를 긁적이면서, 시선을 피하고서 대답했다.

"그래, 네 말이 맞아. 토우카의 수영복도 유카타 차림도, 기대하고 있어."

부끄러운 듯이 웃는 유우지 선배를 보고, 나는 너무나 간질간질한 기분이 되었다.

나한테 숨기는 게 있다는데도, 이런 가벼운 한 마디에 만족해 버리는 나는…….

스스로 느끼기에도 선배를 너무 좋아하는 것 같다고, 그렇게 생각하게 되는 것이었다.

———

친구 캐릭인 내가 인기 많을 리 없잖아? 3

초판 1쇄 l 2021년 2월 25일

지은이 세카이이치 l **일러스트** 오사베 토무 l **옮긴이** 주원일

펴낸이 서인석 l **펴낸곳** 제우미디어 l **출판등록** 제 3-429호

등록일자 1992년 8월 17일 l **주소** 서울시 마포구 독막로 76-1 한주빌딩 5층

전화 02-3142-6845 l **팩스** 02-3142-0075 l **홈페이지** www.jeumedia.com

ISBN 978-89-5952-987-2

      978-89-5952-936-0 (set)

＊파본은 구입하신 서점에서 교환해 드립니다.

l **제우미디어 트위터** twitter.com/Jeumedia

만든 사람들

출판사업부 총괄 손대현 l **편집장** 전태준

책임편집 서민성 l **기획** 홍지영, 박건우, 안재욱, 양서경, 이주오

디자인 총괄 디자인그룹 헌드레드 l **제작, 영업** 김금남, 김용훈, 권혁진